Ein stiller Mörder

Prospero

Ein stiller Mörder

Izabela Szolc

Aus dem Polnischen von Barbara Samborska

Prospero

INSTYTUT KSIĄŻKI

©POLAND

Diese Veröffentlichung wurde gefördert vom
Instytut Ksyążki – dem ©POLAND Übersetzungsprogramm

Izabela Szolc: Ein stiller Mörder

www.prospero-verlag.de

Der Prospero Verlag ist eine Unternehmung des Verlagshauses
Monsenstein und Vannerdat OHG, Münster

Die Erstveröffentlichung dieses Buches erschien in Polen
unter dem Titel »Cichy zabójca«.

Übersetzung aus dem Polnischen: Barbara Samborska
Satz: Thorsten Hartmann
Umschlag: Thorsten Hartmann
unter Verwendung eines Fotos von Mella / photocase.com
Herstellung: Monsenstein und Vannerdat, gedruckt in der EU

ISBN 978-3-941688-21-6

1.

Es roch nach Bohnerwachs, Kreide und Kinderschweiß – alle Schulen riechen genauso. Alle und überall.

Anna haschte unwillkürlich nach ihrem nicht vorhandenen blonden Zopf. Diese Geste setzte sie selbst in Erstaunen, diese Erinnerung, über die ihr Körper immer noch verfügte; schließlich hatte sie sich schon vor zwölf Jahren die Haare kurz schneiden lassen, gleich nach Kubas Geburt. Ihres Sohnes, der groß genug war, etwas anzustellen, um dessentwillen die Schulleitung eine Mutter in die Schule bestellt. Anna hatte schon immer ein Problem, mit dem Machtverhältnis Vorgesetzter-Untergebener vernünftig umzugehen. Sie hasste es, in irgendwelchen Vorzimmern herumzusitzen, besonders in solchen mit harten Bänken. Sie seufzte und streckte ihre langen Beine aus, deren schlanke Form von einer Cargohose verdeckt wurde. Sie presste die Lippen aufeinander, der Lippenstift, den sie aufgetragen hatte, war ihre einzige Abweichung von der alltäglichen Norm – eher ein Zugeständnis an die Schuldirektorin. Sie sog den Schulgeruch ein. Und verspürte Erleichterung darüber, dass sie wenigstens diesen Lebensabschnitt hinter sich gelassen hatte. Tatsächlich konnte sie eigentlich noch immer nicht so recht daran glauben, Mutter eines Teenagers zu sein. Wie eine Schülerin hielt sie denn auch ihren zusammengerollten Parka auf dem Schoß – nur so ein Anorak konnte das weit geschnittene Jackett darunter verbergen, und nur solch weit geschnittene Jacketts verdeckten die berufsbedingte Ausbuchtung unter der linken Achsel.

Anna griff nach einer Zeitung, die jemand am anderen Ende der Bank hatte liegen lassen, ihr blasses Gesicht mit den regelmäßigen Zügen nahm gleich darauf Farbe an. Der Artikel titelte: »*Tests für Polizisten zu schwierig*«. Anna kaute auf ihrer Lippe herum, ohne zu merken, dass sie den purpurfarbenen Lippenstift dabei auf den Zähnen verteilte. »Der Test besteht aus zwei Teilen – einigen Dutzend Fragen und einem Gespräch mit dem Polizeipsychologen. Außerdem muss jeder künftige Polizist einen Test aus dem Bereich Allgemeinwissen bestehen.«

»Frau Hwierut?« Die Tür zum Arbeitszimmer wurde von einer älteren Frau geöffnet, die ideal in Annas Vorstellung passte. Löckchen, dunkler Puder, eine Kunstseidenbluse, die die beiden imponierenden Kugeln ihrer Brust eng umschloss. Lediglich der lachsfarbene Lack auf den Fingernägeln der Hand, die die Klinke hielt, überraschte. Allem Anschein nach war Rosé 2008 schon wieder aus der Mode. Die Direktorin wies mit der Hand auf einen Stuhl.

»Nervös?«

»Sollte ich das nicht sein?« fragte Anna und nahm auf dem Besucherstuhl Platz. Ihr Blick registrierte eine vor sich hin welkende Palme weiter hinten im Arbeitszimmer und eine Büste Johannes Pauls II. in Galeonengröße auf dem Schreibtisch – vor zwanzig Jahren hatte hier gewiss keine Bronzestatue von Fürst Poniatowski gestanden. »Wenn ich mehr verdienen würde, hätte ich Kuba in eine Privatschule geschickt.«

»Jakub hat uns heute nicht mit seiner Anwesenheit beehrt.«

»So wie es aussieht, haben Sie doch seine Schülerrechte bis zum Beginn der Ferien ausgesetzt, Frau Direktor?«

»Hat er gesagt, weshalb?«

»Nein. Aber dafür hatte er einen Verband an der Hand.«

»Und unter dem Verband Spuren von Zähnen. Er hat einen Kameraden auf den Mund geschlagen. Mitten im Unterricht. In meiner Mathematikstunde.«

»Mein Kuba?!«

»Mütter wollen es ja niemals wahr haben. Wissen Sie wenigstens, worum es ging?«

»Kuba hat mir nichts gesagt.«

Die Direktorin schwieg und blätterte langsam in irgendwelchen Papieren. An der Wand tickte eine anachronistische Kuckucksuhr.

»Sie sind berufstätig?«

»Ja«, entgegnete Anna und setzte in Gedanken hinzu: »Hohes Gericht.«

»Vielleicht sollte ich mal mit Kubas Vater sprechen?«

»Wir haben keinen Kontakt zueinander.«

Wieder trat ein Moment des Schweigens ein. Zerrissen vom erlösenden Klingelzeichen zur Pause.

»Ich werde mit ihm reden … Leider bin ich sehr in Eile …« Anna stand auf und zerrte an ihrer Jacke.

»Ich verstehe.« Sie reichten sich nicht die Hand. Annas Nägel waren angeknabbert, aber sie hatte kräftige, sehr kräftige Hände. »Und noch eins. Sie werden die Zahnarztkosten übernehmen müssen. Der andere Junge hat zwei Zähne verloren.«

Ein Strom kreischender Schüler ergoss sich in den Korridor. Er umrundete Annas hohe Gestalt, als sei sie ein Fels und floss weiter.

Die beiden Aufsicht führenden Lehrerinnen machten auf die Kinder nicht den leisesten Eindruck. Auch nicht die Kameras, die alles aufzeichneten, geschweige denn die fast zu engen Uniformen ... Anna war sicher, dass sie es in so einer Schule nie zu Ende gebracht hätte. Eine Schule mit Bullen – denn eben ging eine Dienst habende Patrouille junger Polizisten an ihr vorüber, die nach Drogendealern Ausschau hielt. Die Polizisten erkannten sie, einer lächelte ihr zu, der andere hob beim Anblick ihrer geschminkten Lippen kurz die Brauen.

Ohne weiteres fand sie die zerkratzte Tür zur Schülertoilette und tauchte ein in graue Schwaden illegalen Zigarettenrauchs. Mit erstaunlicher Sorgsamkeit rasteten darauf die Riegel zweier Kabinen ein. Anna Hwierut beugte sich zu dem glanzlosen Spiegel vor und begann, mit einem Tempotaschentuch die Schminke abzuwischen.

»Vorher wäre besser gewesen,« meldete sich die einzige, die Mut aufbrachte; ein Mädchen von höchstens vierzehn Jahren, die von der Höhe eines breiten marmornen Fenstersimses Anna diskret beobachtete und dabei eine dünne Zigarette rauchte. Der Fenstersims hatte wohl noch die Vorkriegszeit miterlebt, ähnlich wie die ganze Schule, die wie durch ein Wunder überdauert hatte, nur weil sie am linken Weichselufer stand.

»Wirklich?«

»Ich lüge niemals.«

Trotz allem war es ein schöner Vormittag. Anna ließ ihren Fiat Uno absichtlich auf dem Parkplatz vor ihrem Wohnblock (ein kleines, grünes Auto, leicht zu säubern – als Frau litt Anna unter keinerlei Freud'schem Komplex und musste nicht wie ihre Kollegen ständig in Vans herumfahren). Jetzt wollte sie sich ganz einfach Bewegung machen. In letzter Zeit hatte sie zu viel Zeit am Schreibtisch oder auf dem Sofa verbracht, und schließlich war sie kein Pop-Star wie J.Lo und sollte sich daher auch keine großen Pobacken anzüchten. Sie stopfte die Hände in die Hosentaschen und machte sich auf den Weg zur Arbeit. Ihre festen Schuhe zermalmten die dünne Eisschicht über den Pfützen. Sie ließ die gespenstische Ruine des Zehn-Jahres-Stadions hinter sich, die noch verlassener dalag als eh und je. Nun waren sogar die Afrikaner von dort verschwunden, die früher von Klappbetten, die als Ladentisch dienten, Sportschuhe verkauft hatten – selbstverständlich »aus Antilopenleder, weil das die Mädchen lieben«.

Sie registrierte, dass ein Streifenwagen in das Gelände unter der Poniatowski-Brücke eintauchte und zwei weitere in Nähe des Ufergestrüpps parkten. Im Sommer hockten da immer russische Händler, die Mietkosten sparen wollten. Aber im Winter? Sie hatte keinerlei böse Vorahnungen. Überhaupt war alles irgendwie ruhiger geworden. Der Jahrmarkt Europa hatte seine Pforten geschlossen, und es gab weniger Taschendiebstähle. Gelder waren davon geflossen, und damit war auch die Mafia spärlicher geworden. Den letzten »Schwimmer« hatte die Weichsel vor drei Monaten angeschwemmt. Die DNA-Analyse hatte den Ertrunkenen als den Jungen identifiziert, der seit letztem Silvester verschwunden war. Eine Woche lang hatte sie sich nicht mehr mit ihrem Vater am Telefon gestritten, ihr Junge war noch nicht in der Besserungsanstalt gelandet, die Explosionen auf der Sonnenoberfläche hatten nachgelassen und sie selbst hatte aufgehört, die Einsamkeit ihrer Nächte zu bekämpfen, indem sie es sich selber besorgte …

Was also sollten diese herumschnüffelnden Streifenwagen? Sie legte einen Schritt zu, obwohl sie wusste, dass sie keine Chance hatte, es pünktlich zur Morgenrunde zu schaffen.

Die Polizeiwache machte wie ein Potemkinsches Dorf zumindest von der Fassade her einen recht passablen Eindruck. Vor der Frontseite des Gebäudes wehten Flaggen, die Staatsfahne und die der EU. Ein findiger Kopf hatte versucht, die Friedhofszypressen mithilfe bunter Lämpchen in Tannenbäumchen zu verwandeln. Der Dreikönigstag war schon ziemlich lange vorbei, aber Anna wusste, dass die Zeit der Lämpchen vielleicht zu Ostern oder gar erst nach dem Polizeifest im Juni vorüber sein würde. Außer im Juni schaute sie kaum in den Kalender, denn gegen Ende dieses Monats war ihr Geburtstag. Der dreiunddreißigste in diesem Jahr. Sie wünschte sich, wieder vierzehn zu sein und im Schülerklo zu rauchen. Nein, nicht vierzehn. Zwölf – zwei Jahre später hatte sie zusammen mit ihrer vom Krebs zerfressenen Mutter in der Krankenhaustoilette geraucht. »Ich komm ja bald wieder nach Hause, mein Sonnenschein.« Es juckte sie förmlich, dem metallenen Aschenbecher einen Tritt zu verpassen, aber die Eingangstür zur Wache war von oben bis unten verglast, und die Polizei musste schließlich auf ihr Image achten.

Kommissarin Anna Hwierut trat über die Schwelle des Gebäudes. Ein paar Köpfe hoben sich bei ihrem Anblick: Betroffene, die den Diebstahl ihres Fahrzeugs oder ihres Autoradios melden wollten. Die noch nicht wussten, welche Flecken das Pulver zur Sicherung von Fingerabdrücken auf den Sitzbezügen hinterließ.

Zwischen dem Kaffeeautomaten und dem mit den Schokoriegeln wirkten die grauen, verstärkten Türen, die zum Herzstück des Kommissariats führten, irgendwie bedrohlich. Anna zog ihre Kennkarte durch das Lesegerät und fand sich inmitten von Sesams Reichtümern wieder. Die Geldmittel der Stadt hatten ausgereicht, der äußeren Fassade des Gebäudes ein rasches Lifting zu verpassen, den Warteraum zu verkacheln, den Empfang mit zwei Computern zu bestücken und einen »Vernehmungsraum für Kinder« einzurichten. Je tiefer man ins Innere vordrang, umso mehr war alles beim Alten geblieben. Das zerschlissene Linoleum, der pistaziengrüne Ölsockel der Wände, der an freien Stellen zwischen wackeligen Aktenschränken hervorlugte. Anna hörte das gleichmäßige Klappern einer Schreibmaschine Marke »Lucznik« und spürte, sie war zu Hause.

Der fuchsrote Schopf von Mariola, der Sekretärin, tauchte in der Tür auf, noch bevor Anna ihren Parka ausziehen konnte.

»Du warst nicht bei der Morgenrunde.«

»Ich war in der Schule. Kuba hat auf'n Putz gehauen.«

»Na endlich mal. Ich hatte schon Angst, du machst ein Muttersöhnchen aus ihm.«

Anna verzog leicht das Gesicht.

»Auf jeden Fall wartet Pietrzak auf dich. Dieser Wieniawski …«

»Wieńkowski.«

»Möglicherweise will er endlich auspacken. Aber er hat die Bedingung gestellt, dass du ihn in Kamtschatka besuchst. Du allein. Der fährt auf dich ab. Der Alte möchte, dass du dir das zunutze machst.«

»Inspektor Pietrzak sieht sich zu viele Filme an.«

»Sie fahren gleich nach Białowięka, einen Gefangenen abholen, ich sag ihnen, sie sollen warten, da kannst du mit ihnen mitfahren. Deinen Spaziergang hast du wohl schon gemacht, stimmt's?«

»Woher weißt du das?«

»Einer Chefsekretärin entgeht nichts ...« Eine vielsagende Pause schloss sich an. »Und wie ziehst du dich eigentlich an? Hast du keinen Kerl, oder was?«

Die Obergefreiten Straszewski und Bryziewicz konnten Anna nur das Kanapee des Streifenwagens anbieten. Keiner von beiden war so ritterlich, ihr seinen Platz abzutreten. Vorschriften eben. Straszewski knallte die Tür zu, und Anna befand sich in einer Art Käfig, durch Plexiglas vom Fahrer und dem uniformierten Beifahrer getrennt. Das Kanapee war nichts weiter als ein grauer, mit Plastik überzogener Katafalk mit einer Halterung für den Schlauch – mithilfe von Wasser und dem Hydranten war schon so manche »Leiche« wieder erweckt und bei der Gelegenheit auch gleich mal gewaschen worden.

Sie war also einem Soziopathen ins Auge gestochen. Auch Besoffene, Clochards und Desperate hängten sich an sie. Ihre seltsamen Kontakte zur Unterwelt ruinierten die Polizeistatistik. Da war es nur eine geringe Freude, dass auch kleine Kinder und große Tiere furchtlos zu ihr drängten. Eine äußerst geringe.

Wieńkowski hatte sich seinen Spitznamen »Wieniawski« erworben, weil die Crème de la crème der Hauptstadt ihn noch bis vor Kurzem für einen talentierten jungen Geiger gehalten hatte. Später hatte der talentierte Geiger mit regloser Miene (sieh mal, wie gut der sich hält!) auf dem

Friedhof Wólka Węglowa als junger Witwer zahlreiche Kondolenzbezeugungen entgegengenommen. Jetzt saß er in Untersuchungshaft und erhitzte wahrscheinlich sein Gemüt vor der lebenslangen Haft in einer kalten Zelle, die mangels Farben mit Zahnpasta geweißelt worden war. Tobiasz Wieńkowski. Dieser Hurensohn. Dem biblischen Tobias, der eine Jungfrau aus den Händen eines Dämons vom Tode errettet hatte, hatte ein Engel in Gestalt eines Hundes beigestanden. Wieńkowski würde höchstens ein Hundefloh beistehen.

Entlang der Gefängnismauer standen Wachposten mit Walkie-Talkies. Sie schenkten den Kassiberschmugglern keinerlei Beachtung, die unter den Fenstern, die sich über der Höhe der Mauer befanden, etwas in ihrem Jargon zu den Schattenbildern dort oben hinauf riefen. Sie ignorierten auch die Frauen, die in einer Umkehrung der Balkonszene aus *Romeo und Julia* zu ihren weggesperrten Liebhabern pilgerten.

Ein Wachmann kontrollierte die Einfahrtserlaubnis, sagte etwas zu einem unsichtbaren Vorgesetzten, ein Funkgerät schrillte und das Gefängnistor begann sich fast mythologisch, als rolle Sisyphos seinen Stein nach oben, zur Seite zu öffnen. Anna fühlte sich hier immer unbehaglich. Sie glaubte nicht an Resozialisierung, bemühte sich, auch nicht an pragmatische Inhaftierung zu glauben (die momentan genauso wenig »in« war wie pinkfarbener Nagellack oder der frühere Justizminister, den hier alle nur ZZ-Top nannten). Schon in den ersten Tagen der Untersuchungshaft lernten die »aufgeweckteren« Arrestanten (zumindest theoretisch) Autoschlösser zu knacken, obwohl sie nur wegen einfachen Bruchs – Stein in die Scheibe – Autoradio raus – Beine in die Hand – in der Zelle gelandet waren. Es war auch kein Geheimnis, dass Vollzugsbeamte und Polizisten einander nicht grün waren. Waren doch die Tests für künftige Polizisten »zu schwierig«; wer sie verkackte, aber stur wie ein echter Wiederholungstäter auf seinem Weg beharrte, landete in der Regel auf einer Planstelle als Schließer. Annas Urteil über den polnischen Strafvollzug hatte auch die Meinung ihres geliebten Onkels nicht verbessern können. Der Onkel hatte alles von der Pike auf kennengelernt und war schließlich auf dem Operationstisch im Gefängnis gestorben. Friede seiner Seele. Friede auch der Seele von Annas Vater, der aus Sühne für die Sünden seines älteren Bruders Polizist geworden war. Und ich?, huschte es Anna durch den Kopf, wofür reibe ich mich auf?

Drinnen griff sie unter die linke Achsel und löste das Halfter mit der Pistole, aber der Metalldetektor begann trotzdem ein düsteres Brummen.

»Sie hat Nägel im Bein«, rechtfertigte der Aufseher Anna vor seinem ungeschliffenen Kollegen. Der stieß einen Pfiff aus, und sie fühlte sich plötzlich sehr müde.

Mit großen Schritten durchmaß sie den Raum.

Eine Wand, eine andere Wand. Der Spiegel. Mit dem Kopf gegen die Wand.

Der Gefangene wurde hereingeführt.

»Sollen ihm die Handschellen abgenommen werden, Frau Kommissarin?«

»Nein,« antwortete sie leichthin.

»Die Frau Kommissarin mag mich nicht«, stellte Tobiasz Wieńkowski fest, noch bevor der Aufseher die Tür geschlossen hatte. »Oder haben Sie etwa Angst vor mir?«

Sein schwarzes, immer noch langes Haar bildete einen scharfen Kontrast zu seinem hellen Teint. Er war zu schön für einen Mann. Vielleicht musste er seine Schönheit mit Grausamkeit würzen?

»Sie wollten mit mir reden?«

»Ich wollte Sie anschauen. Reden kann ich auch mit Ihrem hässlichen Partner.«

Der gute Szelig – wie der seine Stacheln aufstellte, wenn er diesen Raum betrat.

»Denken Sie immer noch, Sie könnten sich aus der Sache herauswinden?«

»Ich spiele gern.«

»Wie so viele.«

»Ich bin Virtuose, Frau Kommissarin.«

»Und da werden Sie mir beim Lokaltermin was Schönes vorspielen?«

»Genau das wollte ich Ihnen sagen.«

»Ich mach mich schon auf ein *da capo* gefasst. Wenn Sie derzeit ein *da capo* gegeben hätten, säßen Sie jetzt immer noch auf Ihrem Stuhl in der Philharmonie.«

Er schwieg ein Weilchen.

»Was tut man nicht alles für die Kunst, Frau Kommissarin. Ich hatte nicht vorhergesehen, dass die liebe Klaudia aus dem brennenden Wagen herausfinden würde. Natürlich hätte ich zurückkommen können … Aber dann hätte ich mir meine Geigerhände verbrannt.«

»Sie können es wohl kaum erwarten, das alles zu erzählen?«

»Habt ihr nicht schon ziemlich lange darauf gewartet?«

»Wann also?«

»Von mir aus kann der Lokaltermin schon morgen stattfinden.«

Sie nickte und ging zur Tür, um den Aufseher zu rufen, obwohl der jede ihrer Bewegungen im venezianischen

Spiegel verfolgen konnte. Gut, dass sie den Lippenstift abgewischt hatte.

»Frau Kommissarin«, hörte sie die Stimme hinter sich, »einen kleinen Moment noch. Wissen Sie, was meine Schwiegereltern vorhaben? Sie wollen mir das Eigentumsrecht an dem Grab absprechen, in dem ich Klaudia beerdigt habe. Eine gemauerte Doppelgruft. Doppelt, für uns beide.«

»Du hast ihre Tochter umgebracht und wunderst dich noch?«

»Was Gott zusammengefügt hat, soll der Mensch nicht trennen.«

Der Aufseher kam immer noch nicht, also musste sie klopfen.

2.

»*Das Übel resultiert aus den Umständen*«, hatte Anna mal in einem Kriminalroman gelesen.

Zu Hause war die Heizung bis zum Anschlag aufgedreht, und Kuba schlurfte in Trainingshose und Garfield-T-Shirt barfuß durch die Wohnung. Beim Anblick seiner Mutter schlüpfte er allerdings sofort in seine Hausschuhe. Im ersten Moment wollte Anna zum Fenster gehen und es weit aufreißen. Sie hasste Mief. Kühle und kalter Wind – das hielt sie in Form. In einem Zustand der Konzentration. Sie hätte jeden ausgelacht, der sagte, sie mache sich Sorgen. Sie war eine große, starke Frau von skandinavischem Typ. Anders als Kuba … Wenn sie nicht gut aufgelegt war (was selten geschah, dafür aber immer nach einem Drink), überlegte sie immer, ob nicht ein Troll ihren Sohn verwünscht hatte, so wie Trolle Welpen verwünschten. Kuba kam nach seinem Großvater und nach seinem Vater. Nach zwei Männern, die Annas Leben lang und breit umgekrempelt hatten. Er hatte das dichte schwarze Haar von Großvater Andrzej und auch dessen dunkle Augen. Der Mund und das Kinn dagegen waren ein Abbild seines biologischen Vaters. Ebenso die Handgelenke, die Schultern, ja sogar die Füße. Anna hatte lernen müssen, sie ohne Zorn zu betrachten.

»Wie war dein Tag?«, fragte Kuba im Ton eines einen Erwachsenen nachäffenden Kindes.

»Es gab schon bessere.« Sie ging ins Bad, um sich das Gesicht zu waschen. Er stand in der Tür und sah ihr dabei zu, wie sie auf Gesichtswasser verzichtete und nach einem Stück Seife griff. Er beobachtete die Mutter und verlagerte dabei sein Gewicht von den Zehen auf die Fersen. Und wieder zurück.

»Kein Fernsehen, keinen Computer und keine Pizza«, sagte sie und angelte nach dem Handtuch. Er nickte mit dem Kopf, obwohl sie es nicht sehen konnte.

»Du willst mir also nach wie vor nicht sagen, worum es ging?«

»Mama …«

»Musstest du diesen Jungen unbedingt in der Mathestunde verkloppen?«

Was für eine dämliche Frage.

»In Mathe bin ich gut.« Sie verbarg ein Lachen. Kinder und ihr Weltbild. *Das Übel resultiert aus den Umständen.* »Soll ich dir beim Abendbrotmachen helfen?«

»Spiel aber nicht mit dem Messer.«

Er langte nach dem Toastbrot, und sie öffnete die Kühlschranktür. Wurst und Käse lagen in verschiedenen Fächern. Kuba war Vegetarier. An die Tür zum Tiefkühlfach hatte er einen Magneten mit dem Bild eines Kälbchens und der Aufschrift *»Magst du es? Dann iss es nicht«* geheftet. Anna ignorierte diese Bekanntmachung konsequent. Ihre Welt gehörte den Raubtieren.

Der Fernseher war stumm.

»Joss Stone oder Ayo?« Kuba wedelte mit den CDs. Er war immer noch unsicher, ansonsten hätte er Evanescence durchgesetzt. Anna überlegte, ob er wohl sehr enttäuscht war, dass seine Mutter nicht wie die Frontfrau dieser Band aussah. Eine kleine, blasse Dryade mit schwarzen Haaren bis zum Po ... Später huschte der Ödipuskomplex durch ihre Gedanken.

»Ayo«.

»Mama, ich will in den Ferien nicht zur Großmutter nach Krakau. Ich will zum Großvater nach Łódż.«

»Du tust anderen Leuten wirklich gerne weh.«

»Nein, Mama, ... Wir können doch der Oma sagen, dass ich krank bin, oder so ... Uns irgendein Alibi ausdenken.«

»Kuba!«

»Ich kann jetzt wirklich nicht dorthin fahren!« Er knallte den Teller auf den Tisch.

»Und warum nicht?«

»Weil sie die Mama von meinem Vater ist!«

»Hast du dich darüber mit deinem Mitschüler gefetzt? Wegen deines Vaters?«

Aufs Neue überfielen sie Gewissensbisse. Die alle alleinerziehenden Mütter kannten. »Wenn ich ... Wenn er ... Wenn wir ...«

»Gut, ich rufe Opa an.«

»Super!«

»Unter der Bedingung, dass wie nach deiner Rückkehr ernsthaft miteinander reden.«

»Klaro.«

»Und jetzt geh in dein Zimmer. Geh in dein Zimmer, weil ich den Fernseher anmachen will. Und halt dich vom Computer fern.«

Sie sah sich die Nachrichten an, um gleich danach auf Animal Planet zu zappen. Dann auf TVN Style. Auf Fashion. Auf ... Sie konnte nichts Passendes für sich finden. Sie hatte Lust auf ein Violinkonzert. Sie machte das Fenster weit auf.

»*Das Übel ist die Absenz des Guten*«. Hatte der heilige Augustin das gesagt?

Sie tippte die Vorwahl ein, anschließend die Nummer ihres Vaters.

»Ja, bitte?« Es klang nüchtern, aber Anna suchte unbewusst in seiner Stimme dieses Brüchige, diesen für Betrunkene charakteristischen Unterton. Er behauptete, er trinke seit fünf Jahren nicht mehr, seit er den zweiten Infarkt überlebt hatte. Sie behauptete, sie glaube ihm. Mit Bypässen noch zu trinken, dazu musste er schon ein Selbstmörder sein; und wenn er einer war, würde er bei seinem Charakter dem Leben rasch und geschickt ein Ende machen.

»Papa.«

»Anna? Rufst du aus der Arbeit an? Wie geht's meinem Enkel?«

»Wir sind zu Hause. Kuba hat in der Schule einen vermöbelt.«

»Da sieh mal einer an.«

»Er hat einen Verband an der Hand.«

»Haben sie ihn rausgeschmissen?«

»Noch nicht. Das heißt, sie haben ihn suspendiert.«

»Und nun sitzt er allein zu Hause rum?«

»Nein. Ja. Ich nehme ihn mit zur Arbeit.«

»Dann bring ihm bei, wie man Berichte schreibt.«

Ihr Vater fing an, den guten Opa heraushängen zu lassen. Als könnte er sich nicht mehr erinnern, dass seine eigene Tochter als Schlüsselkind im Hof herumgelaufen war, und wenn er nächtelang verschwand, ihr Bettzeug in den alten

Danziger Schrank geschleppt und sich dort zu einem unruhigen Schlaf gebettet hatte.

»Kaufst du ihm vorgeschnittenes Brot? Hast du einen elektrischen Teekocher zu Hause? Hast du ihm eingeschärft, dass er niemanden reinlassen soll?«

»Papa, er möchte in den Ferien zu dir kommen.«

»Ich dachte, du schickst ihn nach Krakau.«

»Das dachte ich auch.«

»Will er immer noch Polizist werden?«

»Kuba?«

»Letztens wollte er's.«

»Es gibt schon genügend Polizisten in der Familie.«

»Wenn er eh nicht in die Schule geht, sollte ich ihn vielleicht schon früher nach Łódż holen.«

»Das hat keine Eile. Bei der Arbeit haben wir jetzt einen Vernehmungsraum für Kinder, dort ist er gut aufgehoben.«

Er fiel ihr ins Wort.

»Ich komme ihn morgen abholen.«

»Morgen habe ich einen Lokaltermin, Papa.«

»Ich komme meinen Enkel holen.« Er legte auf.

Im Zimmer ihres Sohnes war es dunkel, abgesehen von dem spärlichen Licht der Snoopy-Leuchtfigur.

»Kuba?«

»Er warf die Decke zurück, die er sich über den Kopf gezogen hatte. Eine Taschenlampe blitzte auf. Er hatte ein Buch in der Hand.

»Was liest du denn?«

»*Putzi, Bernie und ihre Gäste.*«

Irgendwie wunderte es sie nicht, dass es nicht *Harry Potter* war.

»Das habe ich früher auch gelesen.«

»Ich weiß. Außerdem ist es ja dein Buch. Ich habe es von Łódż mitgebracht.«

Das Bild eines kleinen, pausbäckigen Blondschopfs, der Hunde liebte, huschte ihr für einen Moment durch den Kopf. Sie hatte nie einen eigenen Hund gehabt. Die aus den Büchern mussten ihr genügen.

»Ich habe Opa angerufen. Er kommt dich morgen abholen. Warum sollst du auch allein zu Hause versauern.« Sie schaltete die Nachttischlampe an. »Du verdirbst dir die Augen.«

»Danke.«

»Ich muss morgen früh raus. Ich werde dich nicht wecken. Opa hat einen Schlüssel.« Pause. »Gib mir ein Bussi.«

Er schmiegte sich an sie, und sie versuchte gegen alle Vernunft in seinem Haar den Geruch nach Babypuder wahrzunehmen.

Sie war Polizistin geworden, weil Kuba »zu früh« auf die Welt gekommen war, oder eher nicht auf sich warten ließ. Sie hatte davon geträumt, Archäologie zu studieren. Aber sie war mit ihrem Kind allein geblieben – ihr Vater hatte ihr dann eine Beschäftigung im Copy-Shop eines Kommissariats verschafft, das es längst nicht mehr gab. Aus Langeweile hatte sie Starfotos aus der deutschen »Bravo« kopiert. Später ging dann alles seinen eigenen Gang. *»Frag nicht, was das Leben für dich tun kann, sondern was du für das Leben tun kannst.«* – Eine Paraphrase von Kennedy, der 1963 erschossen wurde. Da war sie noch gar nicht auf der Welt.

»Kuba, sei nett zu Opa. Er ist nicht mehr wie früher.«

»Was heißt das?«

»So stark. Er ist nicht mehr so stark.«

Er hatte ihre Gefühle entdeckt.

3.

Sie lag reglos da und versuchte, mit ihrem Blick das immer dichter werdende Dunkel zu durchdringen.

Sie dachte nicht über sich selbst nach. Sie dachte an Wieńkowskis Frau. Eine junge Frau namens Klaudia, deren Leben – wie es allen schien – wie eine Story aus einem Hochglanzmagazin gewesen war. Und mit ein paar traurigen Fotos in der Boulevardpresse sein Ende gefunden hatte. Irgendjemand hatte weiße Rosen auf das Grab geworfen, jedenfalls konnte man das vermuten, weil sie sich vom Grau in Grau der Aufnahmen abhoben. Weiße Rosen für eine tote Prinzessin.

Was war der gläserne Sarg gewesen? Das Sauerstoffzelt auf der Station für Verbrennungsopfer? Drei ganze Wochen hatte Klaudia in jenem seltsamen Raum zwischen Himmel und Erde geschwebt. Nacheinander dann die Diagnosen: Schock, Koma, Verschluss der Atemwege. Aussetzen der Herzfunktion.

Anna verspürte ein geradezu pathologisches Interesse dafür, ob Klaudia wenigstens für auch nur einen Moment das Bewusstsein wiedererlangt hatte. Hatte sie ihren dunkelhaarigen Prinzen erblickt, der mit dem vergifteten Apfel spielte?

Sie erinnerte sich daran, was ihr Vater einst gesagt hatte: Ein Polizist, der sich dem Opfer zu sehr nähert, verwandelt sich selbst in dessen Mörder.

Anna musste Wasser trinken. Ganz leise, um ihren Sohn nicht zu wecken, legte sie eine CD von Kasia Nosowska auf. Die Stimme der Sängerin bewirkte, dass sie sich nicht mehr ganz so verlassen fühlte.

»Ich gehör nicht zu denen, die furchtlos ins Dunkel schauen,
die in den Keller gehen, wenn nur ein Laut her dringt.
Ich zieh mir die Decke über den Kopf
Wie jene, denen die Angst den Atem nimmt.
Ich bin wie sie, die aus Furcht kein Auge schließen,
die nachts zum Schlaf die Lichter brennen lassen.
Ich bin wie sie, die Selbstgespräche führen,
die summen, um die Angst nicht mehr zu spüren.
Die Nacht verleiht den Dingen große Augen.«

Anna kannte den Text auswendig, viel Zeit war dahingegangen, seit sie ihn zum ersten Mal gehört hatte. Und die Zeit rann noch immer.

Sie bedauerte nur, dass sie aufgehört hatte, an Märchen zu glauben.

»Das Einzige, was wir sehen, sind die Folgen der Ereignisse«, brummte Kommissar Wojtek Szelig. Anna saß mit ihrem Partner in einem Wagen, der auf einer Verkehrsinsel parkte. Der Nebel begann sich eben erst über den Bäumen zu lichten. Rings um die Chaussee erstreckte sich der Wald. Sie warteten auf den Konvoi, der Wieńkowski zum Lokaltermin bringen sollte. Früher hatten sie sich die Hände an Bechern mit bitterem Kaffee aus der Thermoskanne gewärmt. Die Zeiten hatten sich geändert, heute umklammerten sie Büchsen mit Energydrinks – mit dem Erfolg, dass die Finger davon noch klammer wurden.

»Die haben es nicht gerade eilig, was?«

»Du wolltest doch unbedingt früher herkommen.«

»Ich weiß selber nicht mehr, warum.«

»Gib das niemals zu. Denke an die goldene Regel: *Never complain. Never explain.*«

Wieńkowski beherrschte sie bis zur Perfektion.

»Sein Anwalt wird auf Unzurechnungsfähigkeit seines Klienten plädieren. Diesen Lokaltermin brauchen die mehr als wir.«

»Ich brauche ihn überhaupt nicht.« Anna stellte ihre Büchse ab.

»Bei so etwas denkst du doch sofort, alle Männer sind Schweine.«

»Wojtek …«

»Vielleicht sind sie ja auch Schweine, aber keine Mörder. Ich habe bisher nur einen Farn umgebracht.«

Anna schnüffelte: Zigaretten und dieser Duftbaum mit Vanillearoma, der mit letzter Kraft den Nikotingeruch abzutöten versuchte. Katzenpisse, die irgendwo aus ihrem Dienstpullover hervordrang. Das war der Geruch von Klemens – der eifersüchtige Kater hatte schon einmal in ihre abgestreiften Abendschuhe gepisst. Wojtek und Klemens: zwei unkastrierte Junggesellen, die sich zwar nicht um ihr Jagdrevier stritten, von denen aber einer den anderen in »ledigem« Zustand verharren ließ.

»Wen suchen sie eigentlich an der Weichsel?« Anna versuchte, das Thema zu wechseln.

»Irgend so einen Jungen aus Otwock. Seine Mutter macht sich Sorgen, er könnte von der Poniatowski-Brücke gesprungen sein. Bloß gut, dass wir nicht an der Golden Gate arbeiten.«

»So ein verdammter Rotzbengel.«

»Andererseits wundere ich mich, dass Pietrzak uns nicht dazu eingeteilt hat. Schließlich müssen wir doch sonst bei jedem ›Schwimmer‹ raus.«

Ein Polizeitransporter, flankiert von zwei Funkstreifen, fuhr an ihnen vorüber. Wojtek Szelig setzte den Blinker und fuhr los.

Anna dachte an die zwei Elemente. Wasser und Feuer.

Jemand musste noch früher aufgestanden sein als sie. Auf einer Lafette stand ein verkohlter Seat, den man vom Polizeiparkplatz geholt hatte. Klaudias Seat. Ein Polonez der Polizei sollte das Auto von Tobiasz, dem Todesengel, »darstellen«. Der Unfallort am Waldrand war mit gelben Plastikstreifen gesichert, an denen der Wind wirkungslos zerrte. Das verbrannte Gras war inzwischen nachgewachsen, verdorrt und wartete schon wieder auf den nächsten Frühling. Dass der Schnee bereits getaut war, freute sowohl das Gras, wie auch den Polizisten mit der Kamera, der den Lokaltermin im Bild festhalten sollte. Hinter der Absperrung, an einen großen Baum gelehnt, standen zwei Paparazzi. Den einen, mit langem grauen Prophetenbart und Christusgesicht, kannte Anna besser, als ihr lieb war.

Tobiasz Wienkowski hörte auf, sich seine von den Handschellen aufgescheuerten Gelenke zu reiben und winkte zu Anna hinüber:

»Kommen Sie nicht näher heran, Frau Kommissarin?«

Sie fühlte, dass sie errötete und schüttelte den Kopf.

»Dann werde ich laut sprechen. Was für eine herrliche Konzerthalle.« Er blickte um sich und breitete die Arme aus.

»Spinner«, brummte jemand.

»Worauf warten wir noch?«

»Der Anwalt verspätet sich …«

Mit quietschenden Reifen fuhr ein silberner Mercedes heran. Die Vögel flogen mit lautem Schrei von den Bäumen auf. Anna kam es vor, als klänge der Chor der Vögel wie der Schrei einer Frau.

»Hast du die Fotos von ihr gesehen?« fragte Szelig.

»Ja.«

»Auch die von vor dem Unfall?«

Eine davon war in den Akten abgeheftet. Eine Brünette mit sorgfältigem Make-up trotz der Hitze, die vor dem Hintergrund der Pyramiden posierte. Die Sonnenbrille über die Stirn geschoben. Blinzelnde Augen. Ihre Hochzeitsreise.

»Du siehst ihr ähnlich.«

»Hör auf, verdammt noch mal! Das ist nicht mal komisch.«

»Wenn du eine Perücke aufsetzen würdest … Ich hoffe nur, sie schließen diesen Hurensohn weg und werfen den Schlüssel fort. In die Weichsel. Und verlangen nicht, dass wir ihn von dort unten wieder heraufholen.«

Die erste Version dieser Geschichte war noch erträglich gewesen. Ein Lieferwagen der Marke Polonez mit offensichtlich betrunkenem Fahrer war mit dem Seat zusammengestoßen. Der Seat war in Flammen aufgegangen. Dem Beifahrer, einem Mann, war es gelungen, hinauszuspringen. Er hatte keinen Gurt angelegt, die Kraft des Aufpralls hatte ihn nicht durch die Frontscheibe geschleudert und die Tür hatte sich glücklicherweise nicht verkeilt. Das Einzige, woran er gedacht hatte, war, Hilfe herbeizuholen.

Im Wagen verbrannte seine Frau. Sie hatte am Steuer gesessen. Als Polizei und Feuerwehr eintrafen, standen die Büsche in Flammen und die Funken sprangen auf die Bäume über. Und hier war ein Wunder geschehen, zwar nur ein kurzfristiges, aber immerhin ein Wunder – auf der kalten Erde lag die Frau. Sie hatte es aus dem brennenden Wrack hinaus geschafft. Ihr verbranntes Gesicht war schlammverschmiert. Sie war ohne Bewusstsein, ihre Augen flehten zum Himmel.

»Ein jeder erlebt den Schmerz auf seine Weise!«, hatte Tobiasz geschrien.

Seine Frau war auf 580.000 Złoty versichert. Tobiasz hatte mit seinen kostbaren Fingern zwei Unterschriften auf drei Policen fingiert. Er war in Schulden geraten – Pferderennen, Karten, Hundekämpfe, war das so wichtig? Man hatte ihm zugesichert, wenn er das Geld nicht zurückzahle, würde man ihm die Finger brechen.

Er hatte den Polonez (einen Truck mit großem Kasten) gekauft und dabei falsche Angaben gemacht. Dazu ein paar Liter Benzin und die beiden verdammten Elf-Liter-Gasflaschen, die schließlich nicht explodiert waren.

Und einen Schokoriegel an einer anderen Tankstelle, die kein unteres Limit für die Bezahlung mit Karte verlangte.

Einen Polonez plus Gas plus Schokoriegel. Und los ging's.

Klaudia hatte er am Telefon erzählt, das Konzert in der Nähe von Warschau wäre abgesagt (das stimmte, er wusste schon seit ein paar Tagen davon), ein guter Moment also, um ihr ihr Geschenk zu zeigen. Och, den zweiten Hochzeitstag hätten sie in einem Monat? Erst? Das tut doch nichts zur Sache. Er wartet da und da, am Waldrand. Wie er dahin gekommen sei? Mit dem Autobus natürlich, sie, Klaudia, solle den Seat nehmen. Bei dem und dem Zeichen müsse sie links abbiegen ... Ob sie Wein mitbringen soll? Präservative?

Er knallte den Polonez direkt in den Seat hinein. Sah, wie Klaudia mit dem Kopf gegen das Lenkrad prallte. Setzte zurück und fuhr davon. Kam zu Fuß zurück. Vorher hatte er Gas und Benzin aus dem Polonez geholt und in den Büschen versteckt. Das Benzin war wunderbar in den Pullover seiner Frau gesickert, es hatte keine Flecken hinterlassen wie der Wein aus der zerschlagenen Flasche. Was er mit den Gasflaschen getan hatte? Irgendwas, Scheiße noch mal, lief schief. Er war doch nicht aus Stein, immerhin hatte er gerade seine Frau verloren, in seinem Kopf ging alles durcheinander.

Das Geld aus der Versicherung abholen und leben. Er hatte sich schon weiße Rosen für das Begräbnis ausgemalt, das würden seine Schwiegereltern erwarten (er selbst hatte keine Eltern mehr).

»Du warst und bist unser Sohn. Komm zu uns, wann immer du willst.« Wenn er daran dachte, dass diese Hündin dann noch drei Wochen vor sich hinsiechte. Sie hatte alles verdorben. Alles hatte sie verdorben.

»Gib mir eine Zigarette«, bat Anna Szelig.

»Aber du rauchst doch nicht.«

»Gib schon her.«

Er nahm seine Camel aus dem Mund (er freute sich wie ein Kind, wenn sie nach der Pause zum Kiosk gingen) und steckte sie ihr zwischen die Lippen. Er hielt sie fest. Anna nahm einen tiefen Zug und stieß seinen harten, vertrauten Körper von sich.

»Tu das nie wieder«, knurrte sie und ging davon, Laub und zerbrochenes Glas mit den Füßen vor sich her stoßend. Tobiasz blickte ihr nachdenklich hinterher.

Auf einem Blatt auf dem Küchentisch stand: »Ich hab dich lieb, Mama. Jakub«.

Kein Wort von ihrem Vater.

Anna schaute nach, ob sie bestimmt Handschuhe, Schal und Mütze des Jungen mitgenommen hatten.

Putzi, Bernie und ihre Gäste lag auf dem ordentlich gemachten Bett (das war der Vater). Die Gäste, wie hießen gleich die Gäste? Mikado und Tuesday. Ein Pekinese und ein englischer Rassehund, an einem Dienstag geboren.

Kuba war an einem Sonntag in der Frühe geboren.

Sie beschloss, sie würde nicht weinen. Anna stand lange unter der Dusche. Tränen konnte man unter dem heißen Wasserstrahl ohnehin nicht sehen.

4.

»Ordne das Chaos in deinem Kopf«, murmelte sie beim Haaretrocknen. Ein Gemurmel, das ursprünglich dem Kopf Zenons von Kition auf Zypern entsprungen war und das Chaos ringsumher bezwingen sollte. Beherrsche das Dunkel deiner Schnürschuhe, und du trittst ruhig in die Nacht hinaus … Zenon?

Jeden Penner nannten sie heutzutage Zenon.

Sie zog sich den Sport-BH an (sie hatte große Brüste, die ihr bei der Arbeit ziemlich im Weg waren). Verrieb Talkumpuder unter den Achseln und schlüpfte in ein langärmliges Shirt aus schweißabsorbierendem Gewebe, wie es die Bergsteiger tragen. Gegen blaue Flecken, die sie sich während des Dienstes holte, war sie machtlos, aber sie wollte sich keine aufgeriebenen Stellen vom Pistolenhalfter einfangen. Die brannten nämlich wie Teufel, dazu noch ganz ohne die sentimental-erotische Genugtuung eines Liebeserlebnisses. Wann hatte sie eigentlich zuletzt mit einem Mann geschlafen? Das wusste nur der liebe Gott.

Sie mochte die Nacht und den Nachtdienst. Es freute sie, dass Junior zu seinem Großvater gefahren war. Sie konnte zur Arbeit gehen, ohne sich Gedanken darüber machen zu müssen, ob der Junge nicht etwa den Gasherd in die Luft jagte. Ein Kindermädchen? Wer konnte sich schon ein Kindermädchen leisten? Polizistinnen mussten lernen, sich die Vorschriften des Familiengesetzes hinzubiegen. Sie ganz besonders. Wenn sie mit jungen Müttern sprach, die von der Streife wegen mangelnder elterlicher Fürsorge festgenommen worden waren, spürte sie, dass alles, was sie so flüssig daherbeten konnte, nichts als leeres Geschwafel war. Wieder hatten sie ein Neugeborenes gefunden, noch mit silbrig glänzender Nabelschnur, das man wie ein lästiges Paket in den Ausfluss eines Abwasserkanals zur Weichsel gestopft hatte. Es hatte sich am Trenngitter verfangen. Besser das, als eine Abtreibung?

Sie liebte Kuba innig, irgendwann hatte sie auch seinen Vater so geliebt.

Die Nacht war still. An den Wochenenden dröhnte die Disco am Miedzeszynski-Wall überzeugend: »*Du bist Wahnsinn*«. In der nahegelegenen Unterführung würde später alles voll sein – voll von menschlicher Scheiße und Glasresten. Die Nacht verhüllte mitleidig diesen Abfall. Die Nacht war die Mutter, der Morgen der Gesetzeshüter. Anna dachte, wie gut, dass heute kein Wochenende war. Und dass die zweite Sektion (Eigentumsdelikte) sich mit dem Fall »Ratte« herumschlug. Drei Tage hintereinander hatte das Tier auf der nahe gelegenen Baustelle das Alarmsystem losgehen lassen, die Sirenen heulten über den Fluss: Aufstehen! Aufstehen! Die verzweifelten Wachhabenden wollten schon auf die herumstehenden Gerätschaften feuern. Zum Glück wurde sowohl die Ratte schlauer (sie verschwand), wie auch die Bauleitung, die sich schließlich daranmachte, das Sicherungssystem umzuprogrammieren. Nun war Nacht, und es herrschte Ruhe.

Unter den Brückenplatten glänzte der Fluss wie eine Schlangenhaut.

Hinter Annas Rücken flammte am Ufer ein Polizeischeinwerfer auf. Sie marschierte pfeifend vor sich hin.

Im Polizeikommissariat war es leer. Der Diensthabende löste ein Kreuzworträtsel, das zwischen den Seiten seines Dienstbuches steckte. Anna hatte keine Lust, an ihrem wackeligen Schreibtisch im Arbeitszimmer zu sitzen. Im Vernehmungsraum für die Kinder hatte sie im Regal hinter einer Reihe identisch aussehender Teddybären, Spende eines Spielzeuggroßhandels (*made in China*, von chinesischen Häftlingen genäht), eine Schachtel Zigaretten versteckt. Sie fand sie sogar im Dunkeln …

»Entschuldigung!«

Da war jemand. Das Herz klopfte Anna bis zum Hals. Angst ist der beste Freund des Polizisten. Die Leuchtröhren flammten auf. Auf zwei zusammengeschobenen Sesseln blinzelte eine halb ausgestreckte Frau.

»Dieser ältere Polizist. Der große, kahlköpfige …« – sie zögerte ein bisschen, als wüsste sie nicht, ob sie kahlköpfig sagen dürfte, dabei war Inspektor Pietrzaks Kopf tatsächlich blank wie eine Billardkugel – »er hat mir erlaubt, hier ein bisschen zu schlafen. Ich bin erst spät von Otwock angekommen. Ich hab eine Schwester in Warschau, aber jemanden zu nachtschlafender Zeit wecken …«

»Schlafen Sie weiter«, Anna machte auf dem Absatz kehrt. Das Adrenalin strömte gleichsam mit ihrer Unzufriedenheit durch ihre Muskeln.

Aber diese vom Leben gebeutelte Frau stand auf, sammelte ihre Plastiktüten ein und kam ihr hinterher.

»Ich bin gekommen, weil Sie meinen Sohn suchen.«

»Sie hätten nicht kommen müssen.«

»Ich hab lange bitten müssen ... Die Polizisten haben sogar zu mir gesagt, dass er letztendlich von alleine zurückkommt. Wohin soll er denn zurückkommen? Seine Freundin ist nach England gegangen, und seine Freunde aus unserem Wohnblock auch.«

»Schlafen Sie sich erst mal aus.«

»Ich kann nicht schlafen. Besonders nicht in Flussnähe. Ich habe Angst, dass Tomasz hergekommen ist, um ins Wasser zu gehen.«

Ach, der Selbstmörder von der Golden Gate.

»Hat er einen Brief hinterlassen?« Blödsinnige Frage. Wenn er einen Brief hinterlassen hätte, hätten wir doch sofort angefangen, ihn zu suchen.

»Nein. Aber Tomek ist nicht sehr aufgeweckt. Er ist kein Spätentwickler, aber auch nicht besonders helle«, erklärte sie offen, obwohl sie sich schämte.

»Und Ihr Mann?«

»Ist in Otwock geblieben.«

»Schlafen Sie. Wir finden Tomasz.« Leeres Geschwätz, von wegen, der kommt von alleine wieder; die jungen Leute gehen ihre eigenen Wege.

»Er ist mitten in der Nacht weg. Eigentlich um viere in der Früh.«

»Woher wissen Sie das?«

»In Otwock kann ich manchmal auch nicht schlafen. Bei ihm ist das öfter vorgekommen, dass er rausging. Es hat ihn umgetrieben.«

»Leute, die Selbstmord begehen wollen«, entgegnete Anna wie aus dem Lehrbuch, »sind häufig psychisch sehr stark.«

»Warum hat er dann das dagelassen?«

Anna blickte auf den Zeitungsausschnitt. Die Schnittlinie deckte sich ideal mit der Teilerlinie der Kolumnen.

»Hat er das ausgeschnitten?«

»Ich war's.«

»Haben Sie nicht noch den Rest?«

»Hab ich«, freute sie sich und griff in eine Plastiktüte. »Ich wollte das irgendwie nicht wegwerfen.«

Anna sah aufs Datum am oberen Rand der Seite.

»Das ist vom Juli.« Er hat es lange aufbewahrt, dachte sie. Gar nicht gut.

»Er hatte es unter seinem Bett. Unterm Kopfkissen hätte ich's schneller gefunden, weil ich immer sein Bett gemacht habe. Aber mit dem Staubsauger ins Zimmer, oh nein, das mochte er überhaupt nicht!«

Das müsste zu der Akte. Die gedruckten Erinnerungen eines Vaters an seinen toten Sohn. Ersatz für die Auferstehung? Auferstehung ist Hoffnung für die Lebenden, aber was für eine Hoffnung ist Selbstmord für die innerlich Abgestorbenen? Eine Erinnerung kam wieder hoch: Sie ist nicht mehr im Raum mit den Teddybären, sondern in einem Krankenhausflur, der nach Lysol riecht. Die Schwester sagt etwas zu ihr. Etwas Endgültiges. Sie kann sich nicht erinnern, wo der Vater damals war. Dafür erinnert sie sich, wie sie, immer zwei, drei Stufen auf einmal nehmend, die Treppen zur Frauenstation der Onkologie hinaufhastet. Eine Stationshilfe wischte am oberen Ende des Treppenhauses ein bereits abgezogenes und mit einer Kunstlederplane bedecktes Rollenbett ab. Da wusste sie, dass die Mutter gestorben war.

»Frau Wachtmeisterin?«

»Er war ein wunderbares Kind (...) Aus dem Jungen war ein Mann geworden (...) Er hatte sich seine Diagnose gestellt (…) In dieser Nacht sprang er von der Poniatowski-Brücke (…) Er war noch keine dreiundzwanzig (…)«

»Wie alt ist Ihr Sohn?«

»Siebzehn geworden.«

Siebzehn geworden (…) Zwar nicht zurückgeblieben, aber auch nicht besonders aufgeweckt (…) die silbrige Nabelschnur (…) der Mann ist in Otwock geblieben (…) ihre Schwester in Warschau schläft (…)

»Wir haben eine Wasserleiche gefunden«, meldete ein Aspirant, der mit den Traktorsohlen seiner Schuhe Schlamm über den ganzen Korridor verteilte.

Die Frau wurde ganz blass, ein Mundwinkel sank herab und blieb auch so. Schweiß, wildes Dunkel, Schlaganfall.

Anna hielt sie mühsam fest. Aus den umgestoßenen Plastiktüten rollten Zwiebeln und eine Fleischkonserve.

»Ruf einen Krankenwagen«, sagte sie und bettete die Frau auf den Fußboden. Sie war vollkommen ruhig.

Männerschritte hallten.

Sie ging zusammen mit Szelig in die städtische Pathologie. Den Schnee ließen sie hinter sich. Anna freute sich, dass das Wetter umgeschlagen war. Sie hatte immer noch dieses tief in ihrem Innersten eingegrabene Gefühl eines kleinen Mädchens, das aus einem durchsonnten Tag geradewegs in das vergängliche Reich des Todes tritt. Als erwachsene Polizistin merkte sie, dass die umgekehrte Situation sie jetzt stärker berührte: Das Innere des Sektionssaals hinter sich lassen und in die helle Welt hinausgehen. In die Welt, die sich weiter drehte und überhaupt nicht bemerkte, dass jemand ermordet worden war. »Niemand ist eine Insel?« Blödsinn, leider.

Sie gingen einen Korridor entlang, der düster wirkte, obwohl über ihren Köpfen die Leuchtstoffröhren flackerten.

Sie stießen die Tür zum Büro auf.

»Ihr hättet auch anklopfen können.« Luiza, eine erstklassige Pathologin, mit der Anna sich von Anfang an in der Wolle hatte, rieb ihre Hände mit Handcreme ein. Auf dem makellos reinen Schreibtisch dampfte Kaffee.

»Bietest du uns auch einen an?« Auf Szeligs Gesicht leuchtete ein Lächeln. Anna tat dieses Lächeln weh. Nicht, weil Wojtek und Luiza mal was miteinander gehabt hatten ... Weshalb magst du sie so wenig?, hatte Szelig gefragt, der weibliche Eifersucht als Ursache vermutete. Denn wenn Luiza Podwysocka ihre Brille abnahm, sah sie Nicole Kidman zum Verwechseln ähnlich. Wie sollte Anna einem Mann etwas erklären, das sich ihren Beobachtungen nach nur zwischen Frauen abspielte? Jenes Umkehrbild des Sich-Verliebens. Die eine erblickt die andere, ein Funke springt über und ... nichts geschieht. Nichts, auf immer und ewig nichts. Sie findet mit Luiza nun mal keinen gemeinsamen Nenner. Punktum.

»Der Kaffee ist aus dem Automaten.«

»Oh, haben sie endlich einen aufgestellt ...

»Es ist sechs Uhr morgens. Um diese Zeit habe ich nicht mit Besuch gerechnet.«

»Du hast ein bisschen Arbeit«, stellte Anna eher fest, als dass sie fragte.

Luiza zuckte die Achseln. Anna war überzeugt, dass sie nur mit Rücksicht auf Wojtek nicht hinzufügte: Ich bin beschäftigt, während ihr euch ausruhen könnt.

»Rasch tritt der Tod den Menschen an, es ist ihm keine Frist gegeben«, zitierte Wojtek Friedrich Schiller. Das Fenster war bis in halber Höhe gestrichen, vergittert und in die Erde eingelassen. Vielleicht würde jemand von draußen gerade noch Luizas Schopf erblicken können, sie aber konnte nicht sehen, wie der Schnee auf den Gehwegen taute.

»Magst du eigentlich deinen Keller?«

Luiza schenkte Anna ein breites Lächeln.

»Wenn ihr ganz hereinkommen wollt, müsst ihr Sandalen und Schürzen anziehen. Geht's euch um diesen ›Schwimmer‹, den sie diese Nacht hergebracht haben? Dann solltet ihr Masken aufsetzen. Die letzten Tage waren etwas wärmer, und die Gase haben ihn an die Oberfläche getrieben.

»Ein Mann?«

»Das war mal ein Mann«, murmelte sie, während sie ihren Kaffee austrank.

»Ist er ertrunken?«

»Höchstwahrscheinlich. Ich hab ihn mir noch nicht vorgenommen.«

Sie ließ die beiden vorangehen, während sie das Büro abschloss. »Und heute komme ich auch nicht dazu. Ich hab hier kohlenmonoxidvergiftete Zwillinge und noch ein paar andere Leckerbissen.«

Sie gingen am großen Sektionssaal vorüber, sie führte sie in ein kaltes Kabuff.

»Ich bewahre ihn hier auf, damit er …«, sie wedelte mit der Hand, »ein wenig ausdünstet.«

Der Körper unter dem Laken war aufgedunsen.

»Jung, alt?«

»So eingeweicht, dass er glatt ist wie nach einem Lifting. Zusätzlich ist die gesamte Epidermis futsch.« Sie griff unter das pistaziengrüne Laken und zog eine entstellte Totenhand hervor. Eine Farbe wie Kernseife, blaue Fingernägel und etwas, das aussah wie verstreute Pfefferkörner. »Seht ihr das? Verfärbungen. Das sind mehr als nur Leberflecken. Ich gehe jede Wette ein, wenn ich ihn umdrehe, hat er den ganzen Rücken übersät mit diesen falschen Malen. Der Typ hier ist ein alter Mann. Gut und gerne über achtzig. Und die Verfärbungen deuten darauf hin, dass er Krebs hatte.«

»Ein Selbstmörder?«

»Kann ich euch jetzt noch nicht sagen. Und hier«, sie versetzte dem graublauen Sack einen Tritt, »sind seine Sachen. Vorläufig hat nur mein Assistent drin gewühlt, der den Leichnam entkleidet hat.« Aus einer Nierenschale auf einem Aluständer nahm sie eine kleine Schere, der Nagelschere einer Nagelstylistin zum Verwechseln ähnlich.

Anna wollte nur noch hier raus. In Maske und Sandalen fühlte sie sich idiotisch. Sie hätte eigentlich darum bitten müssen, den ganzen Körper zu sehen, aber sie wollte es nicht.

»Trocknest du die Sachen und ordnest sie dann?«

»Dazu habe ich meine Leute … Eins noch, sie haben ihn mit nur einem Schuh hergebracht, der andere ist sicher im Schlamm steckengeblieben. Ein Männerhalbschuh, zwar kaputt, aber der war bestimmt mal auf Bestellung angefertigt. Mein Großvater«, Luiza war gedankenversunken, »hätte solche bestimmt tragen können … Aha, angeblich hatte er zwei Paar Unterhosen an, zwei Hemden, zwei Pullover …«

»Ein Clochard?« fragte Wojtek.

»Möglich.«

»Wie viele Obdachlose gibt es in Warschau?« Anna trat sichtlich erleichtert in den Schnee hinaus.

Ihr Partner zuckte ratlos mit den Schultern.

»Fünftausend, zehntausend?«

»Unter denen könnte ein kranker, alter Selbstmörder gewesen sein. Bloß, welcher Clochard kann sich solche Professorenschuhe leisten?«

»Was denkst du?«

»Was für eine frauentypische Frage, Szelig. Jetzt denke ich gerade über Luizas Großvater nach.«

5.

Anna und Szelig parkten auf der Verkehrsinsel am Miedzeszyński-Wall. Gleich nebenan befand sich die Disco ›Silver Moon‹. Anna kannte sie und mochte sie nicht. Sie sah aus wie eine Baracke, über der man kübelweise bunte Farben ausgegossen hatte. Auch die Musik klang, als käme sie aus einem Kübel. Samstags ging da drinnen nicht mal mehr eine Stecknadel zu Boden. Draußen auch nicht. Die Autos klebten die ganze Nacht über an der Disco, und im Morgengrauen begann sich der Parkplatz mit benebelten jungen Leuten zu füllen. Anna hoffte zwar, dass wenigstens die Fahrer einigermaßen nüchtern waren, aber Hoffnung war bekanntlich die Mutter aller Narren. Die Mutter all jener Kinder, die darauf warteten, dass Warschau sie bei Tagesanbruch aus seinen Fängen entließ, die sich zu fünft oder sechst, manchmal auch zu siebent in die Autos quetschten und davonfuhren.

Das ›Silver Moon‹ war ein Furunkel auf dem Korpus des Diplomatenviertels Saska Kępa. Jedes Wochenende brach dieses Furunkel auf und verstreute die Splitter von Glasflaschen. Ihr Mosaik zog sich manchmal bis hin zum elitären Lycée Francais. Anna hatte sich früher gewünscht, ihr Sohn würde auf diese Lehranstalt gehen …

Jene Kinder, jene Teenies: Nachts waren ja bekanntlich alle Katzen grau, aber eines sah man sofort, die Kinder von Staatsbeamten gingen nicht ins ›Silver Moon‹. Die Jungen trugen Sportkleidung oder Anzüge, die sie den Verkäufern buchstäblich aus den Händen gerissen hatten. Von den kleineren und größeren Mädchen wählte kein einziges elegantes Schwarz. Das waren billige Prinzesschen, wie Püppchen in Pastellfarben gekleidet. Rosa, Himmelblau und viel Weiß. Weiß reflektierte im fluoreszierenden Licht im Innern der Disco. Auch die mit Brokatglitter überzogenen Gesichter glänzten. Die Mädchen amüsierten sich, die Mädchen verliebten sich. Anna hatte Angst um sie, obwohl sie deren Kleinstadtgeschmack verachtete. Für jene war es fünf vor zwölf. Noch ein Jahr oder zwei. Wenn dann die Uhr Mitternacht schlug, war alles vorbei. Die Prinzesschen alterten, während sie schreiende Kinder gebaren, ihren Mechaniker-Männern das Mittagessen kochten, mit den Osterkörbchen zur Segnung in die Kirche rannten und daheim »*Frau und Lifestyle*« lasen. Der Schlager »*Du bist Wahnsinn*« war der Hit dieser Disco.

»Kommst du?« fragte Wojtek. Sie öffnete ihren Sicherheitsgurt.

Sie gingen hinunter zur Weichsel. Gestrüpp schlug ihnen um die Knie. Hier und da erblickte Anna überraschend frisches Gras. Sie hatte sich inzwischen damit abgefunden, dass es diesen Winter keinen weiteren Schnee geben würde. Schnee, der mit seinem Weiß alles zudecken und vergeben konnte. Irgendwo in der Ferne tönte Hundegebell. Anna wurde sich des seltsamen Dualismus dieses Ortes bewusst. Sie mochte das wilde Weichselufer. Die Gerüche dieses Ortes. Rein, wie klare Luft, die ihr das Hirn frei machte. Andererseits erwartete sie, wenn sie einen Schritt weiter tat, statt eines erloschenen Feuers einen abgetrennten Schädel zu finden. Das wilde Ufer des Flusses war ein idealer Platz, um ein Verbrechen zu begehen. Sie traten auf den Strand hinaus. Das Wasser hatte nach der Schneeschmelze eine gelbliche Färbung angenommen, und am Horizont strebte die Stadt himmelan. Kein zu verachtender Anblick. Einzigartig. Ihre Aussicht.

Im Sand fanden sich noch die Abdrücke der Polizeischeinwerfer. Und Abdrücke von Hundepfoten. Zurückgelassenes gelbes Absperrband raschelte im Wind. Anna bückte sich, um es zurechtzurücken. Wojtek war nicht hinter ihr. Hier also hatte das Wasser den Körper des Alten angespült. Sie wühlte mit dem Finger im Schlamm. Unter ihrem Knie knirschte eine gelbe Plastiknummer, mit der die Lage des Leichnams und der fotografierten Beweisstücke am Tatort gekennzeichnet wurden. So als genügte der Leichnam nicht als endgültiger Beweis für die Existenz des Bösen. Jawohl, der Techniker würde sauer sein, wenn er bemerkte, dass er seine Nummer verbummelt hatte. Bingo! Der Polizei mangelte es immer heftiger an Geld.

Anna hätte sich eigentlich Gedanken über die Wasserleiche machen sollen, aber ihr widerspenstiges Gedächtnis rief ihr das Bild ihres ersten Toten vor Augen. Das war in einer gewöhnlichen Wohnsiedlung gewesen, in einer gewöhnlichen Vier-Zimmer-Wohnung. Das Blut auf dem Linoleum war eingetrocknet. Es stank nach aufgetrennten Innereien und verdautem Alkohol. Herr Zenon hatte Herrn Josef mit einer Sense gekitzelt. Und Herr Josef hatte es ihm unglücklicherweise heimgezahlt. So sehr, dass Anna bei ihrem ersten Mal nicht eine, sondern gleich zwei Leichen an der Backe hatte. Und eine Ermittlung, die maximal eine Woche dauern durfte. Und ihren ersten Bericht zu schreiben. Als sie sich damals am Ort des Verbrechens umschaute, hatte sie eine Irritation gespürt – nicht etwa, weil sie von einem großen Fall träumte (sie träumte sehr wohl davon, obwohl das den Tod eines Fremden bedeutete). Sie hatte einen Atem, einen männlichen Atem an ihrem Hals gespürt. Ein Uniformierter folgte ihr auf Schritt und Tritt. Zieh Leine, hätte sie am liebsten gebrüllt. Er war ihr nachgestiegen, um sie aufzufangen für den Fall, dass Anna beim Anblick ihres ersten Toten ohnmächtig wurde. Sie durfte sich schließlich nicht daneben legen und den Technikern ihre Arbeit vermasseln. Und wenn sie sich hätte übergeben müssen, hätte er sie zur Seite gezogen. Ihr den Kopf gehalten … Sie hatte damals laut gefragt, ob wohl einer von den Kollegen ein belegtes Brot für sie übrig hätte.

Beim nächsten Mal hatte sie um eine Zigarette gebeten. Denn beim nächsten Mal war es nicht mehr so einfach. Sie hatte sich selbst verraten. Sie waren nachts in den Wald gefahren. Hatten rasch die Scheinwerfer aufgestellt. Der Erdhügel war frisch. Die Kollegen hatten sich daran gemacht, die Erde abzutragen. Es war ein heißer Sommer, aber es roch nicht nach Moos, sondern nach Wick-Balsam – unter der Nase aufgetragen übertönte er den Verwesungsgestank. Und es wussten doch alle, dass die Tote gerade mal gestern hier verscharrt worden war. Ihr Freund war nach einer schweren Gespensternacht von selber ins Kommissariat gekommen. Später saß er dann in Handschellen im Streifenwagen und zitterte am ganzen Leibe. Bevor er das Mädchen eingegraben hatte, hatte er sie in eine von der Mutter seiner Verlobten mit Weißmacher behandelte Gardine gewickelt. Weiß Gott, worum sie sich gestritten hatten …

Er hatte ihr mit einem kristallenen Aschenbecher auf den Kopf geschlagen. Ein einziger Schlag und alles war zu Ende … Als die verschwitzten Polizisten ihre Schaufeln beiseite legten, zog sich Anna Einweghandschuhe über und trat an die Grube. Sie erblickte helles Haar voller Erdkrumen und ein paar Spuren geronnenen Blutes. Sie lüftete das Bahrtuch. Das Gesicht war nicht geschwollen, nicht verdunkelt, ja nicht einmal verfärbt. Der Mörder hatte seinem Mädchen vorher die Augen geschlossen. Sie sah aus, als schliefe sie. Was für eine abgedroschene Phrase … So eine schöne, schlafende Prinzessin. Für einen Tag noch, oder zwei … Für ein paar Stunden zumindest, solange sie sich nicht bei der Leichenschau über sie hermachten. Anna sprang aus ihrer knienden Haltung auf und rannte zwischen ein paar entlegenere Fichten. Sie spürte, wie ihr die Zweige auf den Rücken schlugen, anschließend übergab sie sich. Feuertaufe …

»Wie sieht's aus? Hast du was gefunden?«

»Nein«. Sie wandte Wojtek das Gesicht zu. »Und du?«

»Nur das hier.«

Sie dachte, es wäre ein Möwenei, aber er spielte mit einem schweren Golfball. Er trug die Aufschrift »Napoleon«:

»Als ich ein kleiner Junge war, hab ich am Strand manchmal Muscheln gefunden, aber das hier … Das muss irgendein Zeichen sein.«

»Das betrifft aber doch wohl eher nicht unsere Sache«, sagte sie langsam. Und dachte langsam weiter. Hat ihn der nicht vorhandene Winter und der fehlende Frost zerlegt oder dieser vorzeitige, unnatürliche Frühling?

»Glaubst du nicht, dieser »Professor« war zu alt, um noch Selbstmord zu begehen? Warum sollte er es eilig haben, wo doch der Sensenmann ohnehin schon auf der Schwelle stand?«

»Verdammt«, brummte Anna. »Verdammt.«

Man ist immer zu alt oder zu jung für den Tod. Niemals ist man im richtigen Alter. Niemals.

»Komm, wir fahren zurück ins Kommissariat.«

»Morgen ist ein Foto von Tomasz Wilk in der Zeitung«, mit diesen Worten begrüßte Mariola Anna. Sie hatte eine Gießkanne in der Hand. Sie liebte Blumen. Sogar die verstaubten rachitischen Stängel, die in den Räumen der Polizei herumstanden.

»Wie bitte?« Sie heftete den Blick auf Wojteks Rücken, der, nachdem er sich mühsam an den unvermeidlichen Aktenschränken vorbeigeschlängelt hatte, in Pietrzaks Dienstzimmer verschwand. Er würde Bericht erstatten und ihr damit Arbeit abnehmen. Wie kam das bloß, dass die Männer bei der Polizei die uniformierte Population messerscharf in zwei Hälften teilten? Auf der einen Seite die Gentlemen, die jede Frau beschützten, auf der anderen Seite die weiblichen Boxer?

»Tomasz Wilk, der Junge aus Otwock«, wiederholte die Sekretärin. »Wir haben sein Foto an die Vermisstenrubrik gegeben.«

»Prima … Mariolka, könntest du in der Pathologie anrufen? Wenn sie sich noch nicht über unseren ›Schwimmer‹ hergemacht haben, sollen sie ein Foto von ihm machen. Das gibst du dann auch schnell an die Zeitung weiter. Die sollen schreiben, dass wir Kontakt zur Familie dieses Unbekannten suchen.«

»Weißt du, für gewöhnlich schiebt Luiza die Arbeit nicht vor sich her. Möglicherweise hat sie ihn schon …«

»Dann soll sie ein Handtuch um seinen Kopf schlingen. Und ihn ein bisschen schminken … verdammt noch mal, das wird sie doch wohl können!«

»Sicherlich. Willst du sie nicht selber anrufen?«

»Mir ist noch von heute Morgen übel.«

Mariola begann zu lachen.

»Noch was?«

»Sag unserer Frau Doktor, ich erwarte ihren Bericht.«

Und frag sie, warum sie Leichen ohne Handschuhe anfasst, dachte sie bei sich.

Im Zimmer verbreitete sich ein Geruch nach feuchter Erde. Für viele ein angenehmer Geruch, aber nicht für Bullen, die oft schon am frühen Morgen in feuchten Böden herumstochern mussten. Der Farn auf dem Fenstersims sah aus wie das blühende Leben. Neben dem Blumengießen entfernte Mariola auch noch die Kaffeeränder, die der Becher auf dem Laminat des Schreibtischs hinterlassen hatte und brachte die Post.

Ein Umschlag war verdächtig prall. Anna fuhr mit den Fingerkuppen darüber. In ihren Hausbriefkasten gelangten gelegentlich Briefe mit einer Metallplombe. »*InPost bringt Ihre Korrespondenz.*« Die Sendung auf diese Weise künstlich beschwerend, umging die Firma das Monopol der Polnischen Post auf Zustellung von Briefen bis zu fünfzig Gramm … Aber diesmal hatte es Anna mit etwas ganz anderem zu tun. Nämlich mit einer Gabel aus Aluminium.

»Was ist das denn?«, rief sie über den Hausapparat bei Mariola an.

»Operation Gabel«, bekam sie zu hören, »wir wollen eine Gehaltserhöhung. Die Jungs haben auf dem Forum eine Gabelsammlung ausgerufen. Das Präsidium lässt die

Bestecke einschmelzen, verkauft den Sekundärrohstoff und kriegt so ein bisschen Geld für die Erhöhung herein.«

Ein paar Sekunden verschlug es Anna die Sprache.

»Könntest du die … diese Gabel ans Präsidium zurückschicken?« Mal sehen, was dabei für Briefmarken draufgehen würde. »Haben wir in der Bibliothek etwas zum Thema Selbstmord?«

»Tu nix. Ich hole gleich die Gabel ab!«

Weshalb … Weshalb sehnt sich jemand danach zu sterben?, überlegte Anna, während ihre Finger mit der Gabel spielten. Das ist doch …

Das ist abwegig.

Ein paar Leute im Kommissariat hielten Mariolka für ein Dummchen. Ihr selber kam das sehr zupass. Sie bekam den Spitznamen »Moneypenny«, (schließlich waren alle »Neuen« gleichermaßen mit der Serie *07, bitte melden* und den Abenteuern von James Bond groß geworden). Im Grunde genommen wusste man wenig über Pietrzaks Sekretärin, sie dagegen wusste in aller Heimlichkeit über fast alle ziemlich viel. Sie selbst versteckte sich hinter dem Schutzschild der Klatschpresse. Jedoch war sie es gewesen, auf deren Initiative hin im Kommissariat eine bescheidene Fachbibliothek eingerichtet worden war, und wann immer es möglich war, leierte sie ihrem Chef neue Bücher aus der Tasche.

Einkäufe machte sie hauptsächlich übers Internet, und im Netz ließ sie sich von realer Nachforschung leiten und nicht von Klatsch aus der Regenbogenpresse.

Sie überreichte Anna ein Buch über Selbstmorde. Der Umschlag gemahnte farblich an eine Begräbnisstola. Schon nach flüchtigem Überfliegen sah die Aluminiumgabel vor Anna auf dem Tisch nicht mehr ganz so harmlos aus.

Sie las von einer Polin, die, um sich umzubringen, »vier Löffel, drei Messer, neunzehn Münzen, zwanzig Nägel, sieben Fensterscharniere, ein Kruzifix aus Messing, hundertundeine Stecknadel, einen Stein, drei Glasstückchen und zwei Rosenkranzperlen« verschluckt hatte.

Von einer Pariserin, die sich einhundert Blutegel angesetzt hatte. Von Männern, die sich an Klöppeln von Dorfkirchenglocken erhängt, sich mit Brillen erstochen hatten oder ins Bärengehege des Pariser Jardin du Roi gesprungen waren.

Von all jenen, die sich von der Golden Gate Bridge gestürzt hatten.

Fast keiner von ihnen war ertrunken. Achtzig Meter trennen den Wasserspiegel von der Brücke, wenn du da mit deinem Körper aufprallst, zerbersten deine inneren Organe nach allen Seiten.

»Deine.« Anna versuchte sich intensiv zu erinnern, ob sie je auf einem Balkon, einem Viadukt oder einer Brücke den Sirenengesang des homo sapiens vernommen hatte, der lockte: »Spring.« Ein Schritt unter ein fahrendes Auto genügt. Warum? »Die Nacht bricht schnell herein.«

Warum? Sie hatte davon gelesen, dass man in den Vereinigten Staaten eine »psychologische Autopsie« durchführte, deren Ziel es war, ein allgemeines Schema »suizidaler Ideen«, also von Selbstmordgedanken zu erstellen.

An Selbstmord denken Erwachsene, Jugendliche und Kinder. Wie alle Primaten haben sie die fatale Angewohnheit, sich gegenseitig nachzuahmen. »Die Golden Gate lädt geradezu dazu ein, von ihr herunterzuspringen.«

Selbstmord war – gemäß der Definition der Weltgesundheitsorganisation – »ein Akt der Selbstvernichtung mit tödlichem Verlauf.« Je nun, diese lapidare Weisheit sollte sie eigentlich rühren.

»Wenn ich unzufrieden oder böse bin, will ich mir wehtun. Ich haue dann mit dem Kopf oder mit den Fäusten gegen die Wand. Dann will ich nicht mehr leben. Ich denke oft daran, wie ich mich umbringen kann. Ich denke, ich gehe nach Frankreich und lasse mich da von der Guillotine köpfen. Das wäre schnell und schmerzlos. Mit einer Pistole oder einem Messer würde es sehr weh tun. Einmal habe ich meinen Kopf in den wassergefüllten Ausguss gehalten, aber dann habe ich mich erschrocken. Meine Oma kam. Ich hab ihr gesagt, ich hätte mir das Gesicht gewaschen. Mama war schockiert, als sie davon hörte. Sie begann zu weinen. Sie macht sich andauernd Sorgen und scheint immer traurig zu sein« – so die Bekenntnisse eines Zehnjährigen.

Anna Hwierut saß noch lange nachdenklich da, den Band *Die Nacht bricht schnell herein* der Autorin Kay Redfield Jamison auf ihren Knien. Schließlich legte sie ganz vorsichtig, als hätte sie in ihrer Hand eine entsicherte Handgranate, das Buch in die unterste Schublade ihres Schreibtisches.

Sie fuhr zum Krankenhaus, in dem Patrycja Wilk lag. Der Name Patrycja passte so gar nicht zu dieser vom Leben zerstörten Frau, aber nur wenige Dinge passten überhaupt zu Frauen, die das Leben zerstört hatte.

Hatte jener alte Mann sich tatsächlich umgebracht? Wollte Tomasz Wilk wirklich Selbstmord begehen? Diese Gedanken jagten ihr durch den Kopf, als sie am Automaten mit den Plastiküberziehern für Schuhe herumfingerte. Sie hasste Krankenhäuser. Das Krankenhaus hatte ihr die Mutter genommen. Im Krankenhaus gab es immer eine verborgene Leichenhalle. Jeder vernünftige Polizist hatte Angst vor dem Krankenhaus … Hinter dem Lysolgeruch lauerte der Tod. Andererseits gab man aber gerade hier das Leben nicht so leicht verloren. Die Mutter hatte niemals vom Sterben gesprochen, selbst dann nicht, als man sie an die Morphiumpumpe anschloss. Vom Tod auf Verlangen, von Euthanasie, von Selbstmord sprach niemand. Die Ärzte hatten den Vater gefragt (die kleine Anna stand dabei), ob er wünschte, dass sie bei seiner Frau einen Reanimierungsversuch unternähmen, wenn es zum Ärgsten käme. Was für eine Frage?! Ist doch wohl klar, dass ich das will. Und was wollte Anna? Die Mutter fieberte schon nicht mehr, sie redete kein wirres Zeug mehr. Sie schlief immer länger. Wenn sie wieder bei Bewusstsein war, wollte sie heim. Sie machte Pläne für die Zukunft und vergaß dabei, dass die Zukunft sie ignorierte. Anna hätte die Mutter schütteln mögen. Du stirbst! Aber die Mutter nahm ihren Tod nicht an, sie überließ es der Familie, ihn sich in Erinnerung zu rufen.

Dort war das Zimmer von Patrycja Wilk. Ein ganz gewöhnliches Krankenzimmer (keine Intensivstation), ein Bett war leer, das andere von einem Wandschirm zugestellt. Sie stirbt. Ich kann nichts tun. Anna hatte erwartet, Herrn Wilk hier anzutreffen, aber er war nicht da. Hinter dem Wandschirm tauchte eine Frauengestalt hervor, Frau Wilk zum Verwechseln ähnlich. Nur jünger, weniger verlebt.

»Guten Tag, ich bin von der Polizei.«

»Ich bin ihre Schwester.«

Keine von ihnen stellte Fragen nach Patrycjas Befinden, und keine musste Antworten geben. Anna glaubte daran, dass Menschen im Koma eh alles mitbekamen …

»Weiß man etwas über Tomek?«

»Wir werden ihn suchen. Überall. Die Presse wird uns dabei helfen. Ich wollte mit seinem Vater sprechen. Ich dachte, er sei hier.«

»Der rührt sich nicht von Otwock fort.«

»Nicht einmal jetzt?«

»Vor allem nicht jetzt ... Sie haben schon einmal ein Kind verloren. Tomeks ältere Schwester. Sie ist zu früh auf die Welt gekommen.«

»Weiß Tomek davon?«

Achselzucken.

»Sie haben ihn ... sie müssen ihn sehr lieb haben.«

»Und wie.« Die Frau zog eine Grimasse. »Ich muss ihr ein bisschen Wäsche bringen. Meine eigene, denn ich fahre nicht dorthin ... Ich will ihn nicht sehen.«

»Verzeihung, wen bitte?«

»Seinen Vater. Geschlagen hat er ihn. Beide hat er geschlagen. Der Junge hat das Beste getan, was er für sich tun konnte, als er abgehauen ist.«

»Patrycja erzählte, sein Mädchen sei nach England geflohen.«

»Kasia? Zum Geldverdienen ist die weg. Das war keine Flucht. Außerdem, wenn es so wichtig ist, dann rufen Sie meinen Schwager doch an. Wollen Sie sich die Nummer notieren?«

Eine Krankenschwester kam mit einem leeren Beutel für den Katheter herein.

»Bitte. Und Ihre Telefonnummer auch«, sagte Anna.

»Tomek würde keinen Selbstmord begehen. Er wusste, das würde seine Mutter umbringen.«

Anna nickte. Und wenn Tomasz nun gewollt hatte, dass Patrycja starb?

Dann bat die Krankenschwester sie, das Zimmer zu verlassen.

Daheim empfing sie abendliche Stille und der Geruchsverbesserer – künstliche Tanne. Wenn Kuba zu Hause war, wünschte sie sich oft, er möge die Musik leiser stellen, das Popcorn nicht anbrennen lassen und nicht so mit den Hausschuhen schurren. Mit Mathe-Hausaufgaben ging er ihr nicht auf den Keks. Obwohl sie eine gute Mutter war, wünschte sie sich manchmal, ihr Sohn würde verschwinden … Und nun sehnte sie sich nach ihm.

Sie öffnete ein Fenster und legte eine CD von Amy Winehouse auf. Eine Polizistin, die Junkiemusik hört. Ha, warum auch nicht? Wie hatte Amy das ausgedrückt: »Ich gebe mir Mühe, alle zufriedenzustellen, und dann wächst in mir der Frust.« Diesmal wollte Anna die Dinge nicht beim Namen nennen. Ich bin zerfahren, weil ich meine Tage kriege.

Amy und Anna hatten destruktive Väter. Väter von denen sie über alles geliebt wurden.

Anna wählte die Nummer ihres Vaters. Er nahm nicht gleich ab. Sie wurde ungeduldig.

»Alles in Ordnung?«, fragte sie, als sie sein vom Zigarettenrauch raues »Hallo« hörte.

»Schon. Und bei dir?«

»Auch. Gib mir mal Kuba.« Mit dem Daumen massierte sie ihre schmerzende Schläfe. Und wartete wieder »viel zu lange«.

»Mama«. Kuba war lebhaft. Sie lächelte, ohne zu wissen, dass sie es tat.

»Was für ein Mädchen hast du denn erwartet?«

»Oh je!«

»Läuft alles? Und Opa? Geht's dir gut dort?«

Natürlich ging es ihm gut. Der Großvater hatte einen neuen Computer gekauft und erzählte jedem, der es hören wollte, er wolle lernen, ein paar neue Programme zu bedienen. Es ging doch überhaupt nicht darum, sich mit dem Enkel, der zu Besuch war, DVDs anzuschauen oder den halben Tag *Sudden Strike* zu spielen.

»Mama, ich muss Schluss machen. Opa hat einen Film mitgebracht …«

»Ich versteh schon, wir müssen Schluss machen.« – Alter Neidhammel. Mein Gott, wie sie beide um dieses Kind wetteiferten! »Was ist das denn für …«

»Irgend so'n Krimi. Mama, ich muss wirklich …«

»Aber guckt nicht die halbe Nacht lang. Hörst du?«

Was soll's, die Jungs amüsieren sich. Und die Mädels? Amy sang *Love is a losing game.* Anna beschloss in einem Anflug unbewusster Rebellion, sich nicht die Zähne zu putzen. Sie warf sich aufs Bett, dass die Matratze quietschte. Später wanderte ihre Hand hinunter, hinter das Gummi ihrer Pyjamahose.

Anna versuchte sich vorzustellen, dass die Finger zu jemand anderem gehörten als zu ihr selbst.

6.

Am Morgen war der Bericht aus der Pathologie nicht da. Einem Reflex folgend, der als »Geste guten Willens« gelten konnte, durchforschte Anna ihren Schreibtisch noch einmal. Papiere waren aus den Mappen gerutscht und türmten sich in unregelmäßigen Halden. Als sie noch viel jünger war, als Schülerin (lang, lang ist's her) hätte sie sich niemals ein derartiges Chaos erlaubt ... Heute wusste sie, dass Ordnung auf dem Schreibtisch nichts an dem ändern würde, was sie am meisten zu verändern wünschte. Sie guckte unter den Tisch. Noch bevor sie es schaffte, sich vollkommen darüber aufzuregen, klingelte das Telefon.

»Du solltest wohl besser herkommen«, sagte Luiza ein bisschen undeutlich. Anna hörte, wie sie etwas hinunterschluckte. Bestimmt Kaffee und Kuchen. Über Pathologen, die sich in ihrer eigenen Leichenhalle verköstigten, kursierten wohl in allen Kommissariaten zweideutige Witze.

»Ich habe noch keinen Bericht bekommen.«

»Hast du auch nicht. Deswegen berichte ich dir jetzt, dass du herkommen solltest.«

Anna beschloss, sie würde auf diesem Schreibtisch gründlich aufräumen. Und Mariola würde ihr dafür ein Zeugnis mit rotem Belobigungsband überreichen.

»Gut, ich komme gleich zu dir.«

»Zu ihm. Zu diesem Alten.« Das Schlürfen überdeckte ihr Lachen.

»Guten Appetit.«

»Danke.«

Anna angelte sich ihre Jacke, die über der Stuhllehne hing.

Das Leichenschauhaus. Ganz gewöhnlicher Betonbau, dem Gebäude in der Umiński-Straße nicht unähnlich, das das zurecht berüchtigte »Tal der Tränen« beherbergte. Mit dem Unterschied, dass man aus dem »Tal der Tränen« wieder herauskam, aber hier nicht. Sie dachte an andere Städte. An Pathologiesäle in preußischen Bauwerken aus dem 19. Jahrhundert. Ans »Museum des Menschen« in Łódż, das gleich neben dem Großen Theater lag, und die Marmorwannen voller Konservierungslösung und die darin befindlichen Inhalte unter seinem Namen geschickt verbarg. Sie dachte an die Pathologie der Staatsanwaltschaft im Stadtteil Bałuta. An Männer, die zwecks Feststellung der Vaterschaft dorthin zur Untersuchung bestellt wurden. An die heulenden Kleinen in ihren Kinderwagen, denen Mütter mit grauen Gesichtern oder Mütter mit Grimassen der Genugtuung mit Bluttröpfchen befleckte Wattestäbchen in die vor Kälte blauen Fäustchen drückten.

Sie dachte an eine andere Art bläulicher Verfärbung. Und an die Fledermauskolonie, die sich wie die Dekoration aus einem schlechten Horrorfilm auf dem Dachboden eingenistet hatte. Im Keller – der Tod, auf dem Dachboden – das Leben. Einmal hatte der Vater in einem Schuhkarton eine Fledermaus mit nach Hause gebracht, die ein Hund in seinen Fängen gehabt hatte. Die Fledermaus war wieder gesund geworden, ausgebrochen und hatte sich irgendwo in der Wohnung versteckt. Drei Nächte ohne Schlaf bei weit geöffneten Fenstern, die den Gast dazu ermuntern sollten, die ihm erwiesene Gastlichkeit zu verlassen … Falter, die um die brennenden Lampen schwirrten. Sommer. Jener Sommer damals. Der Vater hatte zugegeben, er fürchte sich seit langem vor Fledermäusen, seit sich einmal in seinen Kinderjahren eine in seinem Haar verfangen hatte.

»Du weißt aber schon, dass das nicht diese Fledermaus gewesen ist? Wozu hast du sie überhaupt mitgenommen?«

»Ich wollte nicht, dass sie da so auf dem Rasen krepiert.«

Schon damals hatte sie solche gekannt (obwohl der Ausdruck »gekannt« im Zusammenhang mit einem toten Opfer wohl leicht übertrieben war), die in ihren letzten Momenten davon träumten, das Gesicht im Gras verborgen zu verlöschen. Schließlich hatte sie selber die im Schatten des kalten Heizkörpers hängende Fledermaus wiedergefunden. Und zurück in den Karton gesteckt. Der Vater entschied, das Tierchen habe seine gute Verfassung bewiesen und hatte es im Karton in die Fledermauskolonie in der Pathologie zurückgetragen. Halleluja.

Anna versuchte, ohne anzuklopfen ins Sprechzimmer zu gelangen, aber Luizas Büro war abgeschlossen. Sie betrachtete mit Widerwillen die stählerne Schwingtür, die ins »Reich der Schatten« führte. Luiza als Persephone oder als Spinnenkönigin … Andererseits war vielleicht ihre Annäherung an die Dinge nicht nur vernünftiger, sondern auch … menschlicher. Was geboren wird, stirbt schließlich. Hundertprozentig.

Anna versetzte der Tür mit der Hüfte einen Schlenker und befand sich im Inneren.

»Seit wann kommst herein wie John Wayne?« wollte Luiza wissen und deutete mit einladender Geste auf die nächste Tür, die nicht nur fest geschlossen, sondern um den gesamten Türrahmen mit Gummi abgedichtet war.

»Seit wann schreibst du keine Berichte mehr für mich?«

»Quengle nicht.« Luiza holte Chirurgenhandschuhe aus der Tasche ihres Kittels und zog sie widerwillig über die Hände. Sie gingen durch ein Spalier mit Laken bedeckter Bahren. Dahinter befanden sich die Platte für die Einbalsamierungen und die Seziertische …

»Oh jesses«, entrüstete sich Anna.

Die andere drehte den Kopf wie ein Vogel.

»'Tschuldigung, ich hatte noch keine Zeit, ihn wieder zuzumachen …« Der Leichnam des Alten lag auf der Sezierplatte. Eine Hand war ihm in die Rinne entglitten. Die Rippenbögen waren geöffnet. Das Sternum durchtrennt. Das Innere war leer. Luiza deutete auf eine Masse auf der chirurgischen Waage. Die Lungen.

»Unser Unbekannter. Du weißt ja wohl immer noch nicht, mit wem wir es hier zu tun haben? Er hat jedenfalls viel geraucht.«

Anna verspürte große Lust, selber zu rauchen. Unwillkürlich überlegte sie, wie es den Assistenten der Pathologin gelungen war, den Wasserpflanzengestank zu beseitigen.

»Er ist nicht ertrunken.«

»Was?«

Luiza schüttelte den Kopf.

»Du weißt doch, wie die Lungen von Ertrunkenen aussehen.

»Punktförmige Hautblutungen? Lungen aufgebläht, unscharfe Umrisse?« Hatte sie nun bestanden oder nicht?

»Im Großen und Ganzen ja … Siehst du hier irgendwas davon?«

Sie sah nichts. Da war auch kein Schaum aus Magenschleim und Luft, ihr fielen immer mehr Einzelheiten aus der Schulung ein.

»Also?«

»Abdrücken des *glomus caroticum.*«

»Geht's vielleicht etwas klarer? Ich hab keine Zeit.«

»Jemand hat ihm den Hals zugedrückt. Mit dem Unterarm oder mit der Hand. Von vorn, dort, wo die Nerven sind. Der *Vagus,* der zehnte Gehirnnerv wurde lahmgelegt, und der Tod trat unwillkürlich ein. Und sanft.«

»Ein sanfter Mörder?«

»Oder ein Mörder, der die Stille liebt. Und ideale Ordnung kultiviert.«

Anna dachte an ihren Schreibtisch.

»Egal, wie das auch klingen mag, der Typ hier war ausgetrocknet. War lange krank. Erste Merkmale von Dekubitus an den Fersen und am Hinterhaupt.«

»Kampfspuren?«

»Nichts.«

»Er hätte das nicht selbst machen können?«

Luiza betrachtete sie einigermaßen mitleidig:

»Sogar ein Selbstmörder ringt mit dem Tod, wenn er ihn schließlich erblickt.«

»Luiza, ich muss diesen Bericht noch heute haben.«

Die Pathologin brachte sie bis zur Tür ihres Sprechzimmers.

»Warte mal.« Sie schloss die Tür auf und ging hinein. Gleich darauf kam sie mit einem Stapel Polaroidfotos zurück. »Sein Gesicht. Du wolltest es doch für die Identifizierung in der Zeitung.«

»Danke … Ich melde mich.«

»Daran zweifle ich nicht.«

Frische Luft und eine Zigarette …

Sie ließ die Bilder wie eine Nonne in ihrem weiten Ärmel verschwinden und ging zum Kiosk, eine Zeitung holen. Sie breitete sie auf dem Armaturenbrett ihres Fiat Uno aus. Das von Druckerschwärze bestäubte Gesicht von Tomasz Wilk sah ihr entgegen.

Sie warf die Zeitung auf den Beifahrersitz, drehte den Schlüssel im Startschloss und fuhr davon, immer der Nase nach.

»Ach, die Dame von der Polizei«, begrüßte sie Patrycja Wilks Schwester im Krankenzimmer. Sie wirkte aufgeregt, wahrscheinlich über das Aussehen ihrer Schwester, deren Gesicht sich kaum vom Weiß des Betttuchs abhob.

»In der Zeitung von heute ist Tomeks Foto … Wir suchen ihn …«

Die Frau winkte ab.

»Sie stirbt. Vielleicht kriegt ihr Mann sie ja noch zu sehen. Er hat versprochen, dass er kommt. Reichlich spät!«

Jemand drehte den Wasserhahn auf und wieder zu. Gleich darauf noch einmal. Hinter dem Wandschirm kam ein Mädchen hervor. Ihr kastanienbrauner Pony klebte vor Schweiß.

»Das ist Kasia, Tomeks Freundin …«

Anna nickte ihr zur Begrüßung zu.

»Also, ich hab gehört, Sie wären in England?«

Die junge Frau zuckte die Achseln.

»War ich, aber ich bin zurück.«

»Schon lange?

»Seit zwei Wochen.«

Anna runzelte leicht die Stirn.

»Kommen Sie doch bitte mal mit mir hinaus auf den Korridor.«

Sie verließen den Raum.

»Wusste Tomasz, dass Sie zurück sind?«

»Nein.«

»Er hat also keinen Kontakt zu Ihnen aufgenommen?«

»Er wusste nicht, dass ich wieder in Polen bin.«

Das Mädchen fiel auf einen der alten Sessel, die in der kleinen Fensternische herumstanden. Anna wusste wohl, wie unbequem diese Sitzmöbel sein konnten. »Und er ist nicht mein Freund. Ich hab mit ihm Schluss gemacht.«

»Trotzdem sind Sie hierher gekommen ...«

»Ich mag seine Mutter. Ich habe angerufen und zufällig davon erfahren ...« Sie machte eine fahrige Bewegung mit der Hand. Ihre Finger, voll von silbernen Ringen, waren geschwollen und blass. In Anna keimte ein bestimmter Gedanke auf.

»In England ... Hat Tomasz Sie da angerufen?«

»Ich habe das Telefon nicht abgenommen.«

»Sind Sie Tomasz' Mutter wegen beunruhigt oder seinetwegen?«

»Tomek würde nie im Leben Selbstmord begehen!«

»Sind Sie da sicher?«

»Er hat an den Himmel geglaubt. Und an die Hölle.«

»Ein anständiger Typ.«

Das Mädchen zuckte wieder die Achseln.

»Meine Eltern wissen auch nicht, dass ich wieder hier bin. Ich bin bei einer Freundin untergekommen.«

»Wissen sie wenigstens von Ihrer Schwangerschaft?«

Kasia verzog die Lippen zu einem nicht sehr frohen Lächeln.

»Wie denn, kann man's schon sehen?«

»Wenn man weiß, worauf man achten muss.«

»Sie sind scharfsinnig. Und von der Polizei. Demnach können Sie sich auch wohl denken, dass das Kind nicht von Tomek ist.«

»Bist du absolut sicher?«

»Das hätte er gar nicht fertiggebracht. Der mochte nicht mal über Sex reden.« Sie schob einen Ärmel hoch und wies auf eine ungleichmäßige weißliche Narbe. »Das hat er gemacht. Mit einer Glasscherbe.«

»Aber immerhin hast du ihn angerufen, stimmt's? Und nicht seine Mutter?«

»Ich wusste sonst niemanden. So ein Gefühl kennen Sie bestimmt nicht?«

»Nein, das kenne ich nicht.« Sie überlegte, warum sie keine Sympathie für dieses Mädchen empfand. »Aber irgendetwas tat Tomasz Wilk doch gern? Wofür interessierte er sich?«

»Er tanzte gern. Darin war er gut.«

7.

Ihre Silhouetten spiegelten sich in den Scheiben des Kommissariats. Wojtek Szelig hockte sich auf eine Ecke von Annas Schreibtisch.

»Also haben wir es mit einem Mord zu tun«, stellte er aufseufzend fest. Mariola machte sich wieder mit ihrer grünen Gießkanne zu schaffen und goss die Pflanzen.

»Solltest du nicht eigentlich schon zu Hause sein?«, fragte Anna die Sekretärin und bereute gleich darauf ihre Worte. Warum war sie so … Kalt? Grausam? Ein Mord, ja, sie würde sich wohl nie daran gewöhnen. Aber machte dieses Bewusstsein eine bessere oder schlechtere Polizistin aus ihr? Sie griff nach der Zeitung und dem Stapel Polaroidaufnahmen.

»Ich fahre zum Zentralbahnhof.«

»Ich komme mit dir mit«, entschied Wojtek.

»Das ist nicht unser Revier. Es reicht schon, wenn ich mich dort umschaue.«

»Na, dann fahre ich dich wenigstens dorthin.« Sie hatte keine Lust zu streiten. Sie erinnerte sich an die gestrige Nacht.

»Und später?«

»Später? Da bring ich dich nach Hause.«

Entgegen allen Vorschriften sprang sie unter dem Viadukt aus dem Wagen, und Szelig fuhr weiter, auf der Suche nach einer freien Ecke zum Parken. Seit das Shoppingcenter ›Goldene Terrasse‹ eröffnet worden war, war dieser Teil der Stadt noch vollgestopfter als vorher. Anfänglich hatte Anna – ganz Kind kommunistischer Zeiten – diese riesigen Shoppingzentren geliebt, später wollte sie bei deren Anblick nur noch kotzen. Immer haben wir zu viel oder zu wenig. Während sie die Unterführung im Bahnhof betrat, in der der Geruch nach Pisse sich mit dem von »türkischem« Kebab vermischte, dachte sie an jene, die gar nichts hatten. »Freiwillige Obdachlose« – erst in der Polizeischule hatte sie erfahren, dass es diese Kategorie überhaupt gab.

Ihre Suche nach der Streetworkerin, die sie kannte, kostete sie nur wenig Zeit.

»Schwester Angela!«

Eine füllige Nonne mit bifokalen Brillengläsern drehte sich nach der Stimme um, richtete ihren Blick auf Anna und lächelte ihr zu.

Die Schwestern, das waren Angela, Teresa, Katarzyna und Annuncjata. Engel, auf das Maß der Gegenwart eingestellt. Sie gingen auf Prostituierte zu, gaben ihnen Flyer mit Anschriften von Häusern, wo die Mädchen Hilfe finden konnten, wenn sie mit der Arbeit auf der Straße aufhören wollten. Sie erinnerten sie daran, dass man nicht alles Geld auf einmal ausgeben sollte, man konnte Rücklagen bilden, sich absichern. Das Problem war nur, dass manchmal ein brutaler Zuhälter sich sowohl der Rücklagen wie auch der Sicherheiten bemächtigte. Manchmal auch der eigene Ehemann. Einmal hatte ihr eine Prostituierte stolz eine SMS von ihrem Freund gezeigt: »Halt dich warm, Liebes!« War's das wert, so zu arbeiten, nur damit einer dich liebte? Wie ein

Pendel neigte sie einmal zur Moralpauke, ein andermal zu Pragmatismus. Auch so eine Polizeischizophrenie.

Selbstverständlich verteilten die Schwestern keine Präservative, und Anna hatte sich einmal ob so viel Kurzsichtigkeit heftig mit ihnen gestritten. Entgegen dem Anschein ging es ihr dabei nicht um HIV, sondern um Schwangerschaft bei den Mädels von der Straße. Die Nonnen überredeten die Prostituierten, ihre Kinder zur Adoption freizugeben. Anna stand diesem Problem weitaus subjektiver gegenüber ... Sie war selbst in eine Schwangerschaft geraten, die sie überfordert, Leben überbewertet und sie dorthin geführt hatte, wo sie jetzt war, obwohl ihre Pläne (Gott lacht, wenn der Mensch plant) völlig andere gewesen waren. Andererseits, Kuba zur Adoption freigeben? Niemals ... Zellen ihrer Leibesfrucht würden bis zum Tode in ihrem Blut vorhanden sein. Kuba würde sie nie verlassen.

»Was gibt's Neues?« fragte sie die Schwester, die sich jetzt auf einer Bank auf dem Bahnsteig ein bisschen ausruhte. Obwohl sie kurzsichtig war, besaß Schwester Angela für die Geräusche der unterirdischen Welt geschärfte Sinne wie ein Jagdhund.

»Die Welt dreht sich weiter.«

»Das kann auch ruhig noch ein bisschen so bleiben.«

»Gott geb's«, lächelte sie.

Anna zeigte ihr die Zeitung mit Wojteks Foto.

»Haben Sie ihn womöglich gesehen, Schwester?«

»Nein. Noch nicht«, verbesserte sie sich. »Ist er von zu Hause getürmt? Wenn er kein Geld mehr hat, läuft er mir hier sicher über den Weg.«

»Hoffentlich. Er hat Probleme.«

»Ich werde die Augen offenhalten. Und was gibt's Neues bei dir?«

»Barfüßige und die Weichsel.«

»Doch wohl nicht nur?«

Anna versuchte, einer Antwort auszuweichen, was nicht weiter schwierig war, denn Schwester Angela war in Gedanken längst woanders.

»Eines von den Bahnhofsmädchen ist vergewaltigt und verprügelt worden. Das war ihr Stammkunde. Ein Polizist.«

»Oh, verdammt. Wird sie Anzeige erstatten?«

»Nein. Er hat … seine Pistole benutzt.«

»Kann ich mit ihr reden?«

»Natürlich nicht«, entschied die Schwester kategorisch.

Anna nickte.

»Da ist noch was …« Sie reichte der Nonne die Polaroidaufnahmen.

»Ist dieser Mann tot?« Die Schwester bekreuzigte sich.

»Wir dachten erst, er hätte Selbstmord begangen. Aber die Pathologin behauptet, da habe jemand nachgeholfen. In unseren Akten führen wir ihn unter »unbekannt«. Er hatte mehrere Schichten Kleidung an, war ziemlich geschwächt. Wir dachten, er wäre ein Clochard. Aber er hatte sehr ordentliches Schuhwerk an. Besser gesagt, einen Schuh.«

»Bequeme Schuhe sind eine Grundvoraussetzung. Auch für einen Clochard.«

»Die waren teuer.« »Professorenschuhe«, fiel ihr Luizas Bezeichnung ein.

»Wir haben auch Professoren hier. Einer davon fährt im Rollstuhl.«

»Soll ich wegen des ›Professors‹ mal zu diesem ›Professor‹?«

»Was weiß ich? Wenn es dir hilft, du findest ihn in der oberen Halle. Aber pass auf, er leidet an Gedächtnisschwund. Schwerer Alkoholiker.«

»Ein Hirn wie ein Sieb. Und die Seele …«

»Wie immer voller Zweifel, was? Komm doch mal in unser Haus. Auf'n Kaffee und zu einem Gespräch.«

»Wenn ich mal wieder Zeit finde.«

»Weißt du, was der Polizist, dieser Vergewaltiger, zu dem Mädchen gesagt hat?«

Anna war sich sicher, dass sie das gar nicht hören wollte.

»Solche wie euch sollte man in den Wald karren und abschießen.«

In der Haupthalle merkte man, dass die Ferien herankamen. Müde Frauen, müde Mütter belagerten die wenigen geöffneten Schalter. Sie trippelten hin und her – verlagerten das Körpergewicht von den Zehen auf die Fersen und zurück – wie früher, als sie noch nach Watte Schlange stehen mussten. Früher war eine Frau um diese Zeit auf dem Bahnhof eine Seltenheit gewesen oder … Anna wusste darüber Bescheid. Als Teenager war sie zusammen mit einer Freundin in die »Stodoła« zu einem progressiven Rockfestival gefahren. Die Freundin kannte den Leader einer Rockgruppe, und sie dachte, er würde sie mit zur After-Show-Party nehmen, aber dann … hatte sie gekniffen. Letzten Endes hatten sie den letzten Zug nach Łódż verpasst. Aneinander geschmiegt – weil es kalt war – irrten sie die Bahnsteige entlang. Eine Patrouille hatte sie angehalten und aufgeschrieben. Die Freundin hatte Anna das bis zum Abitur nicht verziehen. »Das ist alles bloß deinetwegen, weil du dich so stark schminkst.« Anna war damals tatsächlich geschminkt gewesen. Sie kamen nach Hause, wo Anna dem Vater mit großer Genugtuung von ihrem Bahnhofsabenteuer erzählte. Sie gab damit an. Und es war unwichtig, wie er reagierte, obwohl es möglich war, dass er überhaupt nicht reagierte.

Anna sah sich um, auf der Suche nach dem Professor. Schließlich fand sie ihn. An einer seitlichen Treppe, die Gott weiß wohin führte, (in Warschau wohnen, aber keine Ahnung!) beugte sich ein junger Streifenpolizist über jemanden, einen gestrengen Redeschwall vom Stapel lassend. Sie lief schnell hin und klopfte dem Polizisten auf die Schulter.

»Ich kümmere mich drum.« Sie zeigte ihre Marke.

Der Polizist betrachtete Anna von oben bis unten. Sollte man ihm das gutschreiben? Angeblich musterten manche Männer die Frauen von unten nach oben. Wieder andere als Panoramabild. Schließlich zuckte er nur mit den Schultern, brummte »viel Erfolg« und ging.

Anna interessierte sich für das Schuhwerk des Professors, aber seine Beine und einen Teil des Rollstuhls bedeckte eine fleckige, graue Decke. Der Alte sonderte Schleim ab und schüttelte sich. Er sah nicht aus, als wäre er volltrunken, aber von einfacher Nüchternheit war er weit entfernt.

»Es heißt, du seiest gebildet?«

Stille.

»Professor?«

Nichts.

»Professor?«

Er bewegte sich, und dann brach es wie ein Schwall aus ihm hervor:

»Dänemark – Kopenhagen, Ungarn – Budapest, Luxemburg – Luxemburg, Malta – La Valletta, Spanien – Madrid, Brasilien – Brasilia, Iran – Teheran, Vereinigte Arabische Emirate – Abu Dhabi, Kongo …«

Kongo gibt es nicht mehr, das heißt jetzt Zaire, rief Anna sich in Gedächtnis. Der Kerl war in seiner guten alten Alkoholikerzeit gefangen wie in einer Blase. Eine arme alte Robbe, die bis über den Schwanz in ... Brennspiritus stand? Oder war es Birkenhaarwasser?

»Und die Hauptstadt von Estland? Von Litauen? Von Lettland?«

Er glotzte blöd.

»Tallin, Vilnius, Riga,« flüsterte sie. Sie spürte einen bitteren Nachgeschmack, gegen sich selbst, nicht gegen diese menschliche Ruine. Sie wischte sich die Hände ab, als wolle sie etwas entfernen und überließ ihn seiner eigenen Welt.

8.

»Lass uns mal an der Tankstelle anhalten,« bat sie Szelig.

»Paar kleine Einkäufe?«

»Mhm«, brummte sie als Antwort.

Während sie zwischen den einfachen Regalen entlangschlenderte, folgte er ihr auf Schritt und Tritt. Sie hätte lange überlegen müssen, ob ihr das gefiel oder nicht. Aber sie hatte keine Zeit. Die Tankstelle: Raufe (und Tränke) für die Überarbeiteten und Einsamen. Alkohol, Zigaretten, Süßigkeiten, Tütensuppen, Klopapier, Tampons ... Sie nahm sich Szeligs wegen zusammen und mied bewusst den Kühlschrank mit dem Bier.

»Red Bull verleiht Flüüügel«, knurrte er.

»Was?«

Sie warf Knäckebrot in den Korb, anschließend stand sie bei den abgepackten Wurstwaren: »Straußenwurst« las sie auf der Verpackung. Nein, nicht einmal sie würde sowas in den Mund nehmen. Sie würde sich für etwas Traditionelleres entscheiden. Hm, Speck ...

»Ist Kuba nicht da?« Wojtek kannte ihre häuslichen Fleisch- und Vegetarier-Abkommen nur zu gut.

»Er ist bei seinem Opa. Senf!«

Die Kassiererin nannte den Preis, und Anna reichte ihr die Kreditkarte. Sie gab die PIN ein.

»'Tschuldigung, aber die Karte wird nicht angenommen.«

Anna spürte, wie sie rot wurde. Verdammt noch eins, was für ein schwarzes Szenario.

»Bitte, versuchen Sie's noch mal.«

Die Kassiererin lächelte verständnisvoll und wiederholte den Versuch.

»Leider, die Transaktion wird verweigert.«

Anna dachte, sie würde jeden Moment im Boden versinken. Das letzte Kleingeld war sie im Bahnhof am Kaffeeautomaten losgeworden.

»Danke und Entschuldigung. Dann verzichte ich.«

Wenn jemand hinter ihr gestanden hätte, sie wäre wohl glatt ... gestorben. Scham war eine seltsame Sache – sie konnte sie immer noch stark spüren.

»Ich bezahle«, hörte sie Szeligs Stimme.

Sie trat zur Seite, ging aus dem Weg. Verdammt, verdammt, verdammt. Handeln, etwas tun. Sie holte ihr Handy heraus und rief die Bankauskunft an. Ein schläfriges, unzufriedenes Fräulein meldete sich. Noch wütender, als Anna ihre Angaben zur Person gemacht hatte.

»Haben Sie denn keine Information von der Bank bekommen?«

»Nein«, sagte Anna. Natürlich leuchtete auf dem Display ihres Nokia das Briefzeichen auf. Es leuchtete wie immer, weil Anna grundsätzlich keine SMS annahm. Sie konnte es nicht. Im Prinzip hatte sie sich darauf versteift, das könne sie nicht lernen. Sie hatte der Technik ein Schnippchen schlagen wollen, und nun bezahlte Szelig die Speckscheiben für sie.

»Ihre Karte ist wahrscheinlich gecancelt worden.«

»Hat man mich etwa bestohlen?!« Das konnte sie nicht glauben.

»Nein. Aber diese Karte können Sie nicht mehr benutzen. Innerhalb von vierzehn Tagen schicken wir Ihnen eine neue. Es sei denn, Sie bemühen sich selbst zur Bank.«

»Ich bemühe mich.« Währenddessen betrachtete Szelig sie ganz interessiert, die Einkäufe unter den Arm geklemmt. Keine Einkaufstüten. Wie die Kerle das bloß schafften: Den Senf in die Jackentasche, den Speck in den Ärmel, das Brot an die Seite gedrückt. Jongleure.

Sie machte ihm ein Zeichen, dass sie gleich fertig wäre, also ging er zum Auto.

Klar doch. Welches Kommuniqué hatte das Polizeipräsidium herausgegeben?

»Überprüfe, ob am Geldautomaten keine verdächtigen Elemente angebracht sind. Wenn du deine PIN eingibst, verdecke die Tasten mit der anderen Hand, sodass ihn keine versteckte Kamera aufzeichnen kann.«

Augen zu und durch, Anna.

Später Abend. Eheleute gingen jetzt zusammen ins Bett, die ahnten ja gar nicht, was für ein Glück sie hatten. Eine Männerhand auf der Brust zu spüren, Hüften, die sich aneinander rieben, Finger, ineinander verflochten.

Sie hielten vor Annas Haus.

»Kommst du noch mit rein?«, fragte sie geradezu.

»Auf ein Glas Wasser?«

»Was denn, träumst du etwa von einem altmodischen Rendezvous?«

»Und du?«

»Keine Zeit. Die Arbeit ...«

»Da geht's dir so wie mir.«

Sie zog seinen Kopf zu sich heran.

»Einen Freund fürs Bett« – beschrieben die bunten Frauenmagazine nicht genau diesen Trend? Oh doch, Anna wollte trendy sein. Das Problem dabei war, sie war sich nicht sicher, ob Wojtek Szelig ihr Freund war.

Fick mich, Szelig, hatte sie das gesagt? Sagen wollen? Doch, genau so und nicht anders. Sie sah darin nichts Verwerfliches. Trotz anfänglicher schlechter Erfahrungen mochte sie Sex. Sie war weder tugendhaft, noch verworfen. Sie war eine Frau. Eine Frau, die es verstand, Sex und Liebe auseinanderzuhalten. Und jetzt wollte sie Sex. Ohne viel Federlesen, Umarmungen und Küsse. Sie begannen im Dunkel in der engen Diele ihre Kleider aufzuknöpfen.

»Ich will dich sehen ...« Szelig hatte den Lichtschalter gefunden.

Das war riskant. Die Augen aufzumachen und über sich das Gesicht ihres Polizeipartners zu sehen. Sie pfefferte die Hosen in eine Ecke, das Pistolenhalfter flog hinterher, im Büstenhalter krachte eine Naht. Sie riss sich das Hemd vom Leibe, entblößte ihre Brüste und biss die Zähne zusammen, als sie den Talkumpudergeruch spürte.

Szelig liebkoste mit einer Hand ihre Brustwarzen, die andere kämpfte mit dem Zellophan des Präservativs. Hatte er die an der Tankstelle gekauft oder trug er sie immer bei sich? War das wichtig?

Sie drehte sich mit dem Rücken zu ihm, stützte sich mit den Händen an der Wand ab und während sie ihm ihre Pobacken entgegenreckte, wartete sie darauf, dass er sie ausfüllte.

Am Morgen sagten sie kein Wort zueinander. Dafür verspäteten sie sich zur Morgenrunde. Keiner kommentierte es, dass sie gemeinsam ankamen und eintraten. Manche Dinge erledigte man eben besser zu zweit.

Pietrzak stand mitten im Raum, dicht bei einer Tafel, die aussah, als hätte man sie unmittelbar aus einer Schule requiriert. Er selbst sah wie ein unartiger Schüler aus. Hochrot im Gesicht, das Zittern seines Körpers versuchte er zu überspielen, indem er in seinen Taschen herumwühlte und seine Schlüssel von einer Hand in die andere warf. Eine verschreckte Mariola kauerte in einer entfernten Ecke auf ihrem Stuhl. Die übrigen waren auch nicht gerade in Hochstimmung. Was zum Teufel war hier los?

»Wisst ihr's schon?« flüsterte jemand.

»Was sollen wir wissen?« Anna bedauerte nicht nur, dass sie vor dem Weggehen nicht geduscht, sondern auch kein Radio angeschaltet hatte. Nach Sex zu riechen, war eine Sache, von Angstgeruch durchdrungen zu werden, war etwas ganz anderes.

»Ich fange mal damit an, dass sie in der Ballistik gerade feststellen, wie die Schüsse gefallen sind … Ich füge auch pro forma hinzu, dass Wola nicht unser Revier ist … Ebenso wenig wie die Stadtmitte, wo er gearbeitet …«

»Wer?«, fragte Szelig laut.

Pietrzak sprach ihn jetzt direkt an.

»Der Polizist, der Selbstmord begangen hat. Erst hat er auf seine zwölfjährige Tochter geschossen.«

»Hat sie ihn aufhalten wollen? In welchem Krankenhaus ist sie?«

»Sie ist tot.«

»Was für eine Waffe?«

»Seine Dienstwaffe, eine Walther. Die Frau des Täters hat noch ein Kind aus ihrer ersten Ehe. Dem Jungen ist nichts geschehen.«

Eine überspannte Feder bricht mit der Zeit, dachte Anna.

»Das heißt, er war Zeuge.«

»Genau das heißt es. Er hat natürlich einen Schock erlitten ... Mehr ist uns bis jetzt nicht bekannt. Wie auch immer, es ist nicht unser Fall, also machen wir uns an unsere eigenen. Wir haben auch einen Mord und einen vermuteten Selbstmord, nicht wahr? Hwierut? Szelig?«

»Aber ...«

Pietrzak brachte beide mit einer Handbewegung zum Schweigen.

»Diese Polizistin, seine Frau eben, ist im siebenten Monat schwanger. Wenn jemand helfen möchte, Mariola sammelt Geld ein.

»Was ist mit dem Begräbnis?«

»Keine Ahnung. Das alleine ist schon Begräbnis genug«, knurrte Pietrzak, ging rasch hinaus und knallte die Tür zu.

Aus dem Flüstern wurden laute Gespräche. Anna huschte um einiges diskreter als ihr Chef aus dem Saal und lief in ihr Dienstzimmer.

Sie drückte sich hinter den Schreibtisch. Warf die Polaroid-Aufnahmen auf die Tischplatte. Mariola hatte ihr wieder so ein buntes Magazin hingelegt. Anna streckte die Hand aus, und ihre Finger glätteten den Hochglanzumschlag mit Leuten aus einer anderen Welt als der, in der sie lebte. War's nicht so? War's etwa nicht so?! Sie begann einen Artikel über die Romanze von Präsident Sarkozy und Carla Bruni durchzublättern. Was hätte sie anderes tun sollen?

Später klingelte das Telefon.

»Du hast dein Handy ausgestellt, Anna«, behauptete ihre Ex-Schwiegermutter. »Ex-Schwiegermutter«, »Ex-Mann«, aber nicht »Ex-Großmutter« und »Ex-Vater«.

»Ich hab's noch nicht geschafft es anzustellen, Krystyna.« Sie redeten sich nie anders als beim Vornamen an.

»Aber du bist doch in der Arbeit.«

Anna seufzte leise.

»Ja, ich bin gerade gekommen.«

»Ist Kubuś in der Schule?«

»Nein.«

»Wo ist er denn?«

Sie konnte einfach nicht lügen, er sei krank. Obwohl sie es gerne getan hätte.

»In Łódż.«

»Es sind doch bald Ferien. Er hat mir versprochen ...«

»Du weißt doch, wie Kinder in seinem Alter sind. Kuba wollte unbedingt zu seinem Großvater fahren.«

»Hier hat er auch einen Großvater.« Die letzten Silben kamen eindeutig mit erhöhter Stimmlage. »Er hat versprochen, dass er kommt.«

»Ich weiß nicht, was er dir versprochen hat. Ich denke, dass Kuba sich nicht sehr wohl fühlt ...«

»Wir haben darüber gesprochen. Als er das letzte Mal bei uns war, wollte er nicht einmal Fotos von seinem Vater ansehen!«

»Und umgekehrt.« Zu heftig, aber es war bereits geschehen. »Krystyna, ich ...«

»Ach, hör schon auf. Ich weiß doch, was bei euch los ist. Ihr Polizisten kennt doch überhaupt keine Selbstbeherrschung. Was ist das denn für eine Arbeit für eine Frau? Hast du etwa Zeit für Kuba? Ein Herz für ihn? Dass du eine Waffe hast, weiß ich bestimmt ...« Der Hörer wurde hingeknallt.

Und umgekehrt. Das war erledigt. Aber will ich das? Kann ich das?

9.

Freitagabend. Alle *coolen* Leute machen Party, alle *Nerds* hocken zu Hause – so die öffentliche Meinung an den Schulen. Anna stand vor dem von Kitsch strotzenden Betonklotz des ›Silver Moon‹ und fühlte sich fehl am Platz. Von diesen Tänzern, wie schlau sie sich auch vorkommen mochten, trennte sie ein Meer von Erfahrung. In gewisser Weise standen diese Jugendlichen ihrem Sohn Kuba näher als ihr.

Sie reihte sich in die Schlange vor dem Eingang. Der Türsteher musterte sie ein bisschen zu lange, dabei hatte sie sich solche Mühe gegeben, nicht wie ein Cop auszusehen. Aber was sie auch tat, wie eine Zwanzigjährige sah sie jedenfalls nicht mehr aus.

»Ladys haben heute freien Eintritt.« Das Kraftpaket, das bestimmt keine eigene Erinnerung an den Kriegzustand von 1981 hatte, haschte nach ihrer Hand und drückte ihr einen Stempel auf die Haut, der bei ultraviolettem Licht zu sehen war. »Für den Fall, dass du reingehen willst«, setzte er in erklärendem Ton hinzu.

Jetzt will ich's, dachte sie. Sie betrat das Innere und bemerkte, dass sich die feiernde Menge vor ihr unwillkürlich teilte, sie für die Teenies tatsächlich aber unsichtbar blieb. Ob eine schöne Frau sich so fühlte, wenn ihre Reize verblassten? Die Jungfrau, die sich in eine Matrone verwandelte? Was für ein Quatsch; das Böse sollte sie etwas angehen, und sie machte sich einen Kopf um ihr Geburtsdatum. Sie betrachtete die Jungs und dachte: das Königreich Clearasil. Sie betrachtete die Girlies und wusste nicht, sollte sie ihnen sagen, dass ein kurzes Röckchen in diesen geographischen Breiten als Provokation für einen mutmaßlichen Vergewaltiger galt und ein Richter – häufiger noch eine Richterin – sich dazu herbeiließ, die Länge eines solchen Stofffetzchens mit der Besessenheit von General Francos Schergen nachzumessen, die, mit Bandmaßen ausgerüstet, die Straßen von Madrid durchkämmten, als eine Mary Quant alles für alle Minimalisiert hatte. Verdammt, wie soll ich bloß mit Kuba fertigwerden …

Ein Podest für die Band wurde vorbereitet; überall hatten die Plakate Discopop live versprochen, vorläufig aber lief in den Lautsprechern eine Tanzmusikmischung. Grauenhaft. Aber war die wirklich so viel schlimmer als Kajagoogoo und Modern Talking, deren Buttons sie früher auf ihrem Rucksack herumgeschleppt hatte? Vergebt, und es wird euch vergeben.

Die Discokugel war ein Original und nicht wie einst ein ausrangierter mit Spiegelscherben vollgeklebter Fußball, bald erhellte sie die Gesichter der Tanzenden, bald ließ sie sie im Dunkel verschwinden.

»Er tanzte gern. Darin war er gut.«

Gut und schön, sie wollte gern rationalistisch sein, aber diesmal hatte sie ihr Instinkt hierher gebracht. Sie setzte sich auf einen Barhocker und bestellte ein Bier.

»Zum ersten Mal hier?« fragte der Barmann.

»Ja.«

»Und gefällt's dir?«

»Weiß ich noch nicht.«

»Überarbeiteter Single?«

»Könnte man sagen.«

»Könnte man sagen«, wiederholte er wie ein Echo.

Er mochte in ihrem Alter sein. Die einzigen Älteren: sie und er.

»Ich suche einen Jungen. Meine Freundin hat mich darum gebeten. Er hat Mist gebaut. Seine Mutter macht sich Sorgen, dass er nicht wieder heimkommt.«

»Mütter!« Der Barmann verdrehte die Augen. »Drogen?«

»Nein.«

»Was dann?«

»Und wenn ich sage: Sex?«

»Gesünder als Drogen. Stimmt's, Kleines?«, wandte er sich an ein mageres Blondchen mit fast durchsichtiger Haut an den entblößten Schultern und einem Gesicht wie vergilbte Tapete. Unter ihrem Röckchen lugte ein Stück rotes Bändchen hervor, Glücksbringer zum Abi vom letzten Jahr, jetzt Bestandteil ihrer Ausrüstung. Sie war verstört, und Anna spürte, dass der Barmann diesem noch nicht integrierten Mädchen die Nachricht vermittelte, wenn sie hier bleiben wolle, müsse sie durch seine Hände gehen. Anna behandelte er als Kundin.

»Dieser Junge da. Ist der dick, dünn, groß, klein?«

»So isser«, sie zeigte ihm Wilks Foto. Die Kleine linste auch darauf.

»Du musst mal dienstags kommen. Da treten die Chippendales auf, unsere eigenen, selbstredend«, der Barmann tat so, als hielte er sie nicht für eine Polizistin oder jemanden von der Jugendhilfe; sie tat so, als sei er kein Zuhälter.

Inzwischen war das Mädchen vom Hocker geglitten und schickte sich an, in der Menge unterzutauchen. Sie haute ab, aber sie war schon betrunken genug, um ihre Lockerheit einzubüßen und ein Glas umzustoßen. Anna sprang ihr nach.

»Lass mich in Ruhe, du Nutte«, zischte die andere noch, dann trennte sie die immer dichtere Menge.

Anna hatte nicht übel Lust, die Discokugel zu zertrümmern. Immer dann, wenn sie sich unsicher fühlte, und eine Sache vergeigt oder übertrieben hatte. »Alle *coolen* Leute machen Party, alle *Nerds* hocken zu Hause.«

An der frischen Luft wurde ihr leicht schwindlig. Diese Nacht passt überhaupt nicht, dachte sie, während sie zur Unterführung hinunterging und dabei den Glasscherben auswich. An der Wand blieb sie so stehen, dass sie beide vom Mondlicht erhellten Tunneleingänge im Auge behielt, schaltete ihr Handy wieder ein und wählte eine Nummer.

»Ja, hallo«, Luizas Stimme klang erregt und munter. Im Hintergrund erklang vielversprechend Musik.

»Hab ich dich geweckt?«

Luiza lachte nur. So ein Lachen wollten die Männer hören.

»Ich muss dich was über deinen Großvater fragen.«

»Dann frag doch.« Keine Verärgerung, keine Verwunderung.

»Womit hat er sich beschäftigt?«

»Er war klassischer Philologe.«

»Danke. Das genügt mir.«

Glomus caroticaum, vagus ... etc. etc. etc.

10.

Anna war während des Nachtdienstes eingeschlafen. Das war ihr seit Ewigkeiten nicht mehr passiert, also seit der Zeit, als Kuba noch klein war. Der Diensthabende vom Empfang weckte sie mit einem entschiedenen Hämmern gegen die Tür. Sie fuhr mit dem Kopf empor und wischte sich sogleich mit dem Handrücken über den Mund. Manchmal sabberte sie im Schlaf ein bisschen. *Ecce homo.* Was immer das in der heutigen Zeit auch heißen mochte.

»Unten ist eine Nonne, die dich unbedingt sprechen will.« Sie bemerkte die Neugier in seinen Augen.

»Dann bitte sie hier herauf.«

Er schüttelte mit dem Kopf.

»Sie will nicht.«

»In Ordnung, ich komme gleich runter.« Ein entschiedenes »ich will« oder »ich will nicht« passte ausschließlich zu Schwester Angela. Die Ordensschwester versuchte mit ihren schweren Männerhalbschuhen die Bodenplatten noch mehr einzudrücken. Ob sie die wohl zählte wie ihre Rosenkranzperlen?

»Ist die wirklich eine Ordensschwester?«, erkundigte sich der Polizist.

»Hundertprozentig.«

Eine freundliche Grimasse huschte über das Gesicht der Nonne, als sie Anna erblickte.

»Das Taxi wartet.«

»Wohin fahren wir?«, fragte Anna und schlug die Autotür zu laut zu.

»In unser Mädchenhaus. Wir haben da ein kleines Ambulatorium.«

»Ist … ist eine vergewaltigt worden?« Übergriffe auf Prostituierte waren an der Tagesordnung. Die Mädchen betrachteten das als Berufsrisiko. Und schwiegen.

»Diesmal haben wir einen Kunden.«

»Hat eine da etwa aufgemuckt?«

»Nein. Und das war auch kein Eskortdienst.«

»Eskortdienst?«

»Du spazierst in Highheels für ein halbes Stündchen hinter jemandem her und kriegst dafür 'nen Zwanziger. Bloß, hierbei ging es um einen ›einfachen‹ Job in der Horizontalen. Und die Nutte war ein junger Kerl.«

Anna begriff, warum sich der Mann nicht unmittelbar an die Polizei gewandt hatte. Der hatte mit Sicherheit eine Ehefrau und zog vor dem Akt seinen Ring ab.

»Er hat den Jungen auf dem Foto erkannt. Das war Tomasz Wilk.«

Gott sei Dank, dann wissen wir wenigstens, dass der Junge am Leben ist.

»Der Junge hat ihn im Zentralbahnhof angemacht. Er wusste, dass Wilk minderjährig und ausgerissen war.«

»Verdammte Scheiße. Drogen?«

»Nein. Frag ihn selber.«

Der graumelierte Mann, der auf einer kunstlederbezogenen Liege saß, wollte sich nicht ausweisen. Er behauptete, seinen Ausweis im Hotel gelassen zu haben. Ein weiterer Reisender, der *Warsaw by night* ausprobieren wollte. Derzeit roch er außer nach teurem Parfüm auch noch nach Blut. Eine andere Nonne, die Anna nicht kannte, klammerte gerade das letzte Stück einer Platzwunde über der Braue. Der Typ war stinksauer, seine Kleidung eignete sich nur noch für die Mülltüte, aber es sah nicht danach aus, als verspüre er Übelkeit oder habe eine Gehirnerschütterung.

»Schwester Angela hat mir Diskretion zugesichert.«

Die Nonne blickte zu der von Neonröhren erhellten Zimmerdecke wie auf der Suche nach nicht vorhandenen Spinnweben. Über der Tür hing ein gekreuzigter Christus.

»Überlassen wir mal Gott, was Gottes ist und geben wir dem Kaiser, was des Kaisers ist.«

Der Mann räusperte sich.

»Ich bin Katholik.«

Stille.

»Meine Familie … meine Geschäftsbeziehungen …«

»Hat der Junge Sie bestohlen?«

»Nein.«

»Schön. Dann können Sie ja den Nonnen ihre Dienste vergelten.«

Sie zeigte ihm die Zeitung mit Wilks Foto.

»Ist er das?«

»Ja, das ist er«, gab er nach einigem Zögern zu. »Aber unter anderen Umständen werde ich das nicht bestätigen.«

»Anscheinend wussten Sie, dass er ein Ausreißer war. Und minderjährig. Noch kein Abitur … Haben Sie Kinder?«

»Eine Tochter. Die ist noch sehr klein … Außerdem, ich muss Ihnen nichts erzählen.«

»Warum sind sie nicht zu einer Agentur gegangen?«

»Ich dachte, der Bursche wäre reinlicher als ein Professioneller.«

»Und billiger?«

»Reinlicher. Ich drücke mich wohl klar genug aus.«

»Wo sollte es zum Geschlechtsakt kommen?«

»Der Bahnhof hat viele verborgene Winkel.«

»Demnach ist das nicht das erste Mal?«

»Was geht Sie das an?«

»Frau Kommissarin«, verbesserte sie ihn.

»Sie sind nicht dienstlich hier, und ich war auch nicht dort. Wir hatten vereinbart, er sollte mir einen blasen.«

»Mit Kondom?«

»Ohne.«

»Und dann?«

»Ich hab mir gedacht, ich will, dass er mich« – wieder räusperte er sich – »penetriert.«

»Weil er so ein reinlicher Junge war?«

»Nach Veilchen hat er nicht gerade gerochen. Man sah, dass er Geld brauchte. Wir haben losgelegt, später fing es dann an, ihm weh zu tun … Da ist er wütend geworden.«

»Haben Sie ihn nicht genügend erregt?«

Er rutschte nervös auf dem quietschenden Kunstlederbezug hin und her.

»Ich hab gesehen … er hatte da so ein Gebrechen. Die Vorhaut ging nicht zurück. Irgendein König hatte so was auch.«

»Schön, daraufhin haben Sie sich von ihm eine gefangen, und weiter …«

»Weiß der Geier! Der ist irgendwo hingerannt. Und ich bin … die Nonnen haben sich meiner angenommen.«

»Sie haben sich hervorragend um Sie gekümmert. Warum haben Sie sich dann damit einverstanden erklärt, mit mir zu sprechen?«

»Was heißt hier, warum? Damit ihr diese aggressive Tunte einfangt!«

Wortlos verließ Anna das Zimmer.

»Lügt er nicht?«

»Nein, Schwester. Er ist viel zu selbstsicher. Eines gibt mir aber zu denken, warum hat man Wilk als Kleinkind nicht am Glied operiert? Das ist doch wohl kein allzu schwieriger Eingriff?«

»So ähnlich wie eine Beschneidung. Und es sieht dann auch wie nach einer Beschneidung aus.«

War das etwa eine Spur? Es konnte auch um etwas ganz anderes gehen. Vielleicht wollte die Mutter, als Tomasz geboren war, ihn nicht aus den Händen geben? Aber wovor hatte sie Angst? Dass Tomasz sterben könnte, wie das Kind vor ihm?

»Schwester, denken Sie, er kommt wieder in den Bahnhof zurück?«

»Ich würde ihn nicht mehr auf dieser Seite der Weichsel suchen.«

In dieser Nacht starb Patrycja Wilk, und Anna musste nicht mehr in jenes mythische Otwock fahren, um den Ehemann zu befragen. Aber das wusste sie noch nicht. Die Bank wiederum hatte sie ganz vergessen. Möglicherweise könnte man mit allem besser zurechtkommen, wenn die Welt nur ein wenig träger wäre. Nicht an einen riesigen, geschäftigen Ameisenhaufen mit einer unsichtbaren Königin erinnerte. Oder an einen noch grausameren Termitenhügel. Andererseits, wenn die Menschen aufhörten, sich von jenem Instinkt leiten zu lassen, den Anna den Konsuminstinkt nannte (Esst doch, esst, die Satten holt der

Tod nicht), wenn ein jeder innehielte und dächte: »Ist es das wert, den Haufen zu verlassen und nach draußen zu gehen?«, würde die Welt dann nicht eines schönen Tages in einem Blitz enden, würde sie nicht im gespenstischen Schatten tauber Straßen und blinder Laternen ertrinken? Wie viel brauchte es, damit die Zivilisation aufhörte zu sein? Drei Tage? Nach drei Tagen, angefüllt vom Schweigen der Turbinen, würde das Grundwasser steigen und die Metro überfluten. Später würde es dann immer schneller gehen. Sie waren ihrem Schicksal ausgeliefert.

11.

»Du solltest doch am Dienstag wiederkommen, und heute ist erst Montag.« Der Barkeeper im ›Silver Moon‹ hatte sie sofort wiedererkannt. Er und seine Nuttenelevin. Das Mädchen musste über ein gewisses Talent verfügen, weil der Mann beschlossen hatte, sie für eine Weile ausschließlich zu seiner eigenen Verfügung zu halten. Jetzt stand sie hinter der Bar und polierte Gläser.

»Sie sollten doch am Dienstag wiederkommen, und heute ist erst Montag, Frau Kommissarin.« Sie zog ihre Dienstmarke.

»Kann so ein Stückchen Blech eine abgeschossene Kugel aufhalten?«, interessierte sich das Blondchen.

»Das weiß ich nicht. Aber jetzt interessiert mich, wo Tomasz Wilk ist.«

»Wer soll das sein? Hier treiben sich so viele herum«, knurrte der Barkeeper.

»Mach mir nichts vor. Wo ist der Junge von diesem Foto hier?«

Das Mädchen polierte geschäftig seine Gläser, sie war jung, blutjung, aber schon zu sehr von den Menschen verdorben, um noch auf die Story von der sterbenden (Korrektur – bereits verstorbenen) Mutter anzubeißen.

Anna seufzte. Dann sprach sie ruhig und deutlich.

»Er hat einen Kunden verprügelt. Keine Familie, keine Komplexe, aber dafür reich.«

»Ihr habt doch gar keine Anzeige.«

»Was tue ich wohl hier? Der Typ sagt: Kriegt diesen jungen Hurensohn zu fassen.«

»Oooh, du machst wohl noch Geschäfte nebenbei, Frau Königin?«

Sie lächelte.

»Hör zu, du Affe, du beschützt eine Tunte, die nicht nur nicht alle Tassen im Schrank hat, sondern ausflippt, wenn er ihm nicht steht. Hast du den mal überprüft?«

Er zog eine Grimasse.

»Ich treib's nicht mit Kerlen.«

»Solltest du aber vielleicht. Ihn wenigstens mal mit in die Sauna nehmen, bevor du anderen fehlerhafte Ware andrehst.«

»Du machst mir doch was vor.«

»Überzeug dich selbst. Aber denke daran, einen hat er schon verkloppt. Das macht kein gutes Renommee, stimmt's?«

»Ich weiß nicht, was mir das alles bringen soll.« Er nahm dem Blondchen das Wischtuch aus der Hand und begann damit die glänzende Theke abzuwischen.

»Deine himmlische Ruhe. Und selbstverständlich rühre ich dieses kulturelle Glanzstück nicht an. Ansonsten: Zuhälterei und Vorteilsnahme aus der Unzucht Minderjähriger. Zumindest was Wilk anbelangt, denn Sie« – sie blickte kurz zu Blondchen hinüber – »sind immerhin erwachsen.«

»Er hockt in einer Barke«, sagte diese. »Eine Barke auf dem Trockenen, nicht weit von hier. Ich zeig Ihnen die Richtung.«

Sie bekam eins mit dem Wischlappen ins Gesicht.

»Hier bleibst du sitzen, du Flittchen!«

Anna biss die Zähne zusammen. Das Mädchen zog sich zurück, später dann holte sie unter der Theke eine Taschenlampe hervor.

»Er kennt diesen Lichtstrahl. Geh den Wall entlang und such in den Büschen hinter dem Storch.«

»Vielleicht komme ich morgen wieder und seh mir die Chippendales an ... Vorausgesetzt, sie haben alles dort, wo's hingehört.«

Sie dachte bei sich, das alles sieht ein bisschen aus wie das Anschleichen bei den Pfadfindern. Tatsächlich war ihr Wissen über die Scouts recht begrenzt, als für sie die Zeit kam, sich in eine Gruppe einzuschreiben, hegte Anna einen fast körperlichen Abscheu gegen Uniformen. Selbst gegen die Uniform ihres Vaters. Nur dass dieser damals bereits bei der Kripo war und in einer türkischen Jeansjacke herumlief. Das war aber auch die einzige Ähnlichkeit zwischen ihnen. Kurz vor der Ausrufung des Kriegsrechts 1981 machte in den Kommissariaten und Polizeiposten von Łódż das Gerücht die Runde, wenn »Solidarność« siegte, würden die Familien der Milizangehörigen im größten Stadion der Stadt zusammengetrieben und man täte mit ihnen das, was Pinochet und alle anderen in Stadien getan hatten. Klar, heutzutage klang das völlig sinnlos und sogar lästerlich. Aber damals hatte Anna sich gefürchtet. Und sie erinnerte sich noch genau an die Angst ihrer Mutter.

Die Schatten der von den Straßenlampen erhellten Plakatwände fielen auf sie. Auf der gegenüberliegenden Seite des Walls blinkten die Lichter eines Baukrans, der das Viadukt ausbessern half.

Sie kam an halbzerfallenen Bootswerkstätten vorüber; wenig später stand sie dann vor dem Baustofflager. Der

Storch der Baufirma Atlas stand ungerührt auf seinem Nest. Gleich daneben führte ein Zufahrtsweg zur Flussniederung. Am Tor war kein Vorhängeschloss. Keinerlei Hunde. Die Kette ließ sich leicht lösen. Ein Weg aus dürftigem Katzenkopfpflaster führte nach rechts. Auf feuchtem Grund lag ein umgestürzter Schlagbaum. Sie stieg darüber hinweg. Völlig unverhofft fand sie sich auf einer trockenen, vor sich hin rostenden Barke wieder, die wie der Stumpf eines jahrhundertealten Baumes in den Boden eingegraben war. Nebenan türmten sich vom letzten Sturm heruntergebrochene Zweige und Äste. Ein altes, moosbewachsenes Sofa lag da wie ein Hund auf der Lauer.

Sie trat einen Schritt nach vorn und musste die Taschenlampe einschalten. Obwohl es hier noch nahe am Wall war, kappten die Büsche das Licht. Sie hoffte darauf, dass die Taschenlampe nicht ein einziges großes Täuschungsmanöver sei, und Wilk sich nicht gerade davonmachte. Leere Bierbüchsen, Plastiktüten, von Piratenfeuern verrußte Äste, Reste eines Fundaments aus Ziegelsteinen. Aber es war immerhin sauberer hier, als sie vermutet hatte. Sie trat vorsichtig auf, aber trotzdem piepste von einem nahen Baum ein aufgeweckter Vogel.

Sie stieg in die Barke und war froh, dass sie Gummisohlen unter ihren Schuhen hatte, aber nach einer Weile stellte sie fest, dass sie ihre Vorsicht aufgeben konnte. Die Barke, oder besser gesagt der Schleppkahn, war leer. Den Geruch nach Moder und Rost überstieg der Duft nach Büchsenfleisch. Und nach noch etwas anderem.

Sie hatte Wilks Lager gefunden. Ein paar Zeitungen als Isolierung, Pappe und etwas, das aussah wie ein Herrenpelzmantel. Eine Kerze stand da. Was sie als letzte Duftnote wahrgenommen hatte, war der Geruch nach heißem Wachs.

Leise machte sie sich in Richtung Flussufer auf.

Er kauerte direkt am Wasser. Hatte kein Versteck in den Büschen gesucht. Die Spitzen seiner Adidas-Turnschuhe bohrten sich in den Sand. Er rauchte. Er reagierte überhaupt nicht auf die ruhig näherkommende Anna.

»Gibst du mir auch eine?« fragte sie.

Er machte erst eine Geste, als wolle er sie an seiner Zigarette ziehen lassen, dann warf er sich plötzlich nach vorn. Anna wusste, dass die Strömungen in diesem Abschnitt des Flusses für schwimmende Polizeihunde gefährlich waren, aber waren sie das auch für einen langbeinigen Menschen? Er rannte in dem aufspritzenden Wasser ein Stück weiter, dann warf er sich kopfüber hinein. Wenn es ihm nur gelänge, würde er sich in einer Pfütze ertränken. Sie spürte die kalten Tropfen auf ihrem Gesicht. Sie musste sich auf die Zunge beißen, um ihm nicht hinterherzurufen: Du Idiot!, dann rannte sie ihm nach, ins Wasser.

Es blieb unklar, ob der Junge seine Absicht, sich zu ertränken aufgab, oder ob er sich nur so täppisch anstellte. Er hustete und begann zu weinen. Sie packte ihn bei den Schultern und hielt ihn über Wasser. Er ließ sich widerstandslos ans Ufer bringen. Die Handschellen anlegen. Ihn bald vor sich herstoßend, bald hinter sich herziehend, brachte sie ihn ins Kommissariat. Er gab kein Wort von sich, dafür klapperte er wie verrückt mit den Zähnen.

»Hier ist der gesuchte Tomasz Wilk«, sagte sie zu dem Diensthabenden. »Steck ihn in unsere Zelle, er soll nicht nach unten.«

Im Kommissariat gab es Zellen, die wie Zookäfige aussahen, aber hier konnte Anna den Jungen wenigstens im Auge behalten.

»Gib ihm bitte einen heißen Tee.« Sie wollte nicht, dass der Diensthabende sie schief ansah. »In der Hausapotheke müsste noch Aspirin sein. Und noch eins – nimm ihm seine Schnürsenkel ab und seinen Gürtel, du weißt schon …«

Wenn sie sich wieder ein bisschen beruhigt hatte, würde sie Szelig anrufen. Nein, wenn ihr wieder ein bisschen wärmer wäre. Sie verzog sich sofort unter die vorsintflutliche Dusche. Heißer Dampf verhüllte ihren Körper, und Anna stellte sich vor, sie stünde in der prallen Sonne.

12.

Piotr Wilk war ein Mann mit grauem Fuchsgesicht, der in einem billigen, schwarzen Anzug von altmodischem Schnitt steckte. Der Witwer. Unter der Kostümierung, in der er seiner toten Frau die letzte Ehre erwies, musste ein sehniger Körper stecken. Er war kein Kundenwerber, sondern Klempner. So viel wusste Anna nun.

»Sie wollten mich sprechen?« Sie stand weder von ihrem Stuhl auf, noch bot sie dem Mann einen Platz an.

»Ihr habt meinen Sohn festgenommen. Finden solltet ihr ihn und vom Selbstmord abbringen, aber nicht einsperren!« Er wurde rasch ziemlich laut. Anscheinend war er das so gewohnt.

»Bitte nehmen Sie mein Beileid entgegen … Was Tomasz Wilk anbelangt, so haben wir ihn festgenommen, ohne dabei auch nur eine Vorschrift zu beugen.«

»Wird er wegen irgendetwas angeklagt? Ich möchte ihn von hier fortbringen.«

»Um ihn zu verprügeln, jetzt wo seine Mutter nicht mehr da ist? Außerdem haben Sie sie alle beide geschlagen. Haben Sie vielleicht mal daran gedacht, dass sich der Junge Ihretwegen hier befindet?«

»Blödsinn. Ich hätte ihn noch fester durchprügeln sollen. Aber Patrycja hat dieses Muttersöhnchen ja immer verteidigt. Der kommt überhaupt nicht nach mir.«

»Ein anderes Kind könnte …«

»Ich will Tomek sehen. Ich gehe hier nicht raus, bevor ich ihn nicht gesehen habe.«

»Das hängt von ihm ab.«

»Er ist minderjährig.«

»Aber nicht entmündigt. Wissen Sie überhaupt, Herr Wilk, dass die Genitalien Ihres Sohnes ernsthaft beeinträchtigt sind? Das ist ein Geburtsfehler.«

»Aber n' Kind kann er doch wohl damit noch machen?«

Zum ersten Mal bemerkte sie neben dem Krankenhausgeruch den Geruch nach Schweiß, der von ihm ausging. Vor ihre Augen schob sich das Mädchen aus dem Wartezimmer des Krankenhauses, Kasia, immer noch bleich vom Erbrechen.

»Dazu sollten Sie einen Arzt befragen.« Sie stand auf. »Ich gehe jetzt zu Tomek. Und Sie fassen hier bitte nichts an.« Für alle Fälle ließ sie die Tür weit offen.

Der Junge in der Zelle schlief nicht. Irgendein Cop hatte ihm ein verwaschenes Sporthemd gegeben und ein Paar für ihn viel zu große Militärhosen. Als Wilk die Polizistin erblickte, zog er die Beine auf der Pritsche zu sich heran und hüllte sich bis oben hin in die Decke.

»Dein Vater ist gekommen und will dich sehen.« Etwas früher am selben Tag hatte sie ihn vom Tod seiner Mutter unterrichtet. Er hatte geschwiegen, und er schwieg auch jetzt. »Bitte ihn, vielleicht bringt er dir ja etwas von deinen Sachen zum Anziehen.«

»Werdet ihr mich hier lange festhalten?«

»Du hast deine Kunden vertrimmt. Wenn die Anzeige erstatten …«

»Haben Sie mich deswegen eingesperrt?«

»Nein.« Etwas hat mir gesagt, dass ich das tun muss. Und ich wollte dich im Auge behalten. »Dein Vater wartet.«

»Ich will ihn nicht sehen.«

»Schließlich wirst du es ja doch müssen. Du bist minderjährig, von zu Hause abgehauen und giltst als selbstmordgefährdet.«

Plötzlich näherte er sich dem Gitter.

»Frau Kommissarin …«

Sie drehte sich um, aber zu langsam, unentschlossen, da hatte er schon seine Meinung geändert. Er verkroch sich vor ihr und der ganzen Welt wieder unter der Decke. Eine Muschel in einer angeknacksten Schale.

Auf dem Rückweg machte sie Mariola ein Zeichen, sie solle ihr folgen. Piotr Wilk stand inzwischen da, als sei er mit dem Boden verwachsen, nur seine Fäuste öffneten und schlossen sich.

»Tomasz Wilk möchte Sie nicht sehen.«

»Dieser Scheißkerl. Ich werde wiederkommen, mit einem Anwalt. Ich werde mich beschweren.«

»Über mich oder über Ihren Sohn? Mariola, bring Herrn Wilk bitte zur Tür.«

»Darauf pfeif ich«, knurrte er. Dann hörten sie nur noch das Echo seiner schnellen Schritte im Korridor.

»Was für ein liebreizender Mensch …«

»Nicht wahr?« antwortete Anna.

»Was willst du überhaupt von diesem Jungen? Sollte den sich nicht mal ein Arzt ansehen?«

»Er hatte sich an der Weichsel versteckt, als der Alte ermordet wurde. Er könnte etwas gesehen haben.«

»Aaach.« Mariola war mit ihren Gedanken schon wieder woanders. »Ich sehe, hier liegt ja noch meine Zeitschrift bei dir, die nehm ich mit …« Aus den Hochglanzseiten rutschten die Polaroidaufnahmen heraus. Der Unbekannte mit seiner Nervenlähmung.

»Verdammter Mist.« Hatte sie das vergessen? Sie hatte etwas vergessen? »Mariolka, gib das sofort an die Presse weiter. Wir appellieren daran, dass sich alle melden, die uns bei der Feststellung der Identität dieses Mannes helfen können.«

»Die Journalisten werden etwas über den Mord wissen wollen.«

»Wimmle sie ab. Sag ihnen nur, die Weichsel hat diesen Körper angespült und …«

»Die Untersuchung läuft.«

»Versuch doch mal, die vom Lokal-Kurier dazu zu bringen, dass sie es noch heute im Fernsehen zeigen. Arbeitet dein Cousin immer noch dort?«

»Damit verderben wir den Leuten den Appetit auf Abendessen.« Geschickt umschiffte Mariola das Thema Familie.

»Diesmal müssen wir vor allem satt werden.«

»Denkst du dabei an was Bestimmtes?«

»Schon.«

Irgendetwas tickte in ihrem Hirn, aber das Getriebe wollte einfach noch nicht anspringen.

»Ich muss meinen Vater nicht sehen … Ich kann, aber ich muss nicht …« murmelte Tomasz Wilk und sog den modrigen Duft der Decke ein, die einen Rest Weichselwasser aufgesogen hatte. Aber Anna Hwierut hörte dies nicht.

13.

Man konnte nicht gerade behaupten, dass nach der Veröffentlichung der Meldung über den Unbekannten die Telefone heiß gelaufen wären. Anna schob den Gedanken weit von sich, das ginge allen am Arsch vorbei. Vorbei, vorbei. Einwohner, die nicht mal mehr der Anblick einer Leiche aufregte. Hatte sie ihnen das Abendbrot verdorben? Die konsumierten doch den Tod mit den Morgenblättern, der Mittagssendung im Radio und den Abendmeldungen im Fernsehen. Die schluckten das glatt wie ein von den Medien und dem eigenen ängstlichen, instinktiven Unterbewusstsein entsprechend zubereitetes *Light-Menu*. Gefesseltes Bewusstsein. Okay, auch Anna hatte Angst vor dem eigenen unvermeidlichen Tod und dem Alter, das man nur durch eine entsprechende rasche Zerstörung seiner selbst überlisten konnte. Noch stärker, geradezu entsetzlich fürchtete sie sich vor Kubas Altwerden, das sie bestimmt nicht erleben würde. Sie würde nicht sehen, was ihr Sohn mit dem ersten Atemzug von seiner Mutter mitbekommen hatte – den letzten Atemzug. Ihr Herz schrie. Dachten andere Eltern auch über so etwas nach? Recht schwieriges Thema beim Elternabend oder einem geselligen Beisammensein …

»Anna.« Irgendwo von weit her drang die Stimme ihres Partners zu ihr durch.

Ihres Partners für hier und jetzt und »für das«. Natürlich hatten sie die gemeinsame Nacht nicht erwähnt, wie auch nicht die vorhergegangenen. »Komm mit raus aus dem Kommissariat. Vertreten wir uns ein bisschen die Beine.«

Schließlich hatte das Telefon dann aber doch geklingelt. Wojtek nahm das Gespräch entgegen. Eine einsame, ältere Dame, gefangen in einem Plattenbau, die, wenn nicht gerade der *Denver-Clan* auf irgendeinem Kanal als Wiederholung lief, gerne aus dem Fenster guckte. Ihren Nachbarn, jenem Mann auf dem Foto täuschend ähnlich, hatte dessen Frau regelmäßig zu einem Spaziergang ausgeführt. Nur in der letzten Zeit hatte sie damit aufgehört ... Seltsames Ehepaar. Wieso denn seltsam? Na, eben seltsam, einfach so. Der Nachbar war kränklich, aber er hatte nie so schlecht ausgesehen wie auf dem Foto. Und diese eingefallenen Augenlider ... Wenn sie ihn vielleicht aus der Nähe ansehen könnte ...

Während Wojtek die Angaben zu dem Unbekannten notierte, überlegte Anna, warum die Augen aller Verstorbenen von solch einem bläulichen Überzug bedeckt waren. Undurchsichtig wie der Styx. Früher glaubte man, in den starren Pupillen des Opfers habe sich das Porträt des Mörders eingegraben ... In den Pupillen? In dieser Leere? Aber früher hatte man ja auch an Himmel und Hölle geglaubt.

»Gehen wir?« fragte Szelig.

»Waldemar Mroczek«, las sie den Namen. »Und die Adresse in Saska Kępa?«

»Was meinst du, ist sie zu Hause?«

»Vielleicht auf der kleinen Grünanlage?«

»Zu kalt.«

»Oder in der Kirche?«

»Die sperren nur zu den Messen auf.«

»Na, dann ist sie zu Hause.«

»Warte im Wagen«, bat sie Szelig. Er machte keine Einwände. Alte Frauen gehörten nicht zu seinem Kompetenzbereich. Anna schoss durch den Kopf, dass sie ihn manchmal überhaupt nicht mochte. Was sie aber weder beim Sex, noch bei der Arbeit störte.

Die Gegensprechanlage war herausgerissen. Dieser Akt von Vandalismus kam ihr jetzt zupass. Die Wohnung, nach der sie suchte, lag im Parterre – bequem zu erreichen für alte Leute, Diebe und Cops. Sie klingelte, anschließend klopfte sie.

Sie hörte ein Geräusch hinter der Tür. Jemand musterte sie durch den Spion.

»Öffnen Sie bitte.« Die Order kam präzise, neutralisiert durch die Stimme. Mit dieser Stimme wandte sie sich immer an Kuba, wenn er dicht gemacht hatte und sie ihn nicht verprellen wollte.

Das Schloss knarzte.

»Hier ist die Polizei.«

Das Gesicht der Frau auf der Schwelle hatte eine ungesunde knöcherne Farbe.

»Ich weiß. Ich hab Sie schon erwartet.«

»Mein Beileid.«

»Kümmert ihr euch um ihn? Um meinen Mann?«

Anna sprach ruhig, leise und deutlich.

»Ihr Mann ist tot. Sie werden bald seinen Leichnam sehen können.« Die Worte verfolgten die alte Frau, die in der Tiefe der Wohnung verschwunden war, nachdem sie zuvor noch mit der Hand eine einladende Geste gemacht hatte.

Anna fiel der Kontrast zwischen dem gepflegten und einigermaßen intelligenten Aussehen der Frau und dem

Zustand der Wohnung auf. Zimmer mit nackten, abplatzenden Linoleumböden, die nach Urin und Fäulnis stanken. Nur wenige Einrichtungsgegenstände, dafür aber haufenweise Bücher. Eine sorgsam angelegte Bibliothek.

»Mein Mann hat sich für die Vorkriegsgeschichte Polens interessiert«, warf sie in erklärendem Ton hin. Anna schauderte dieser sanfte Übergang vom vermissten zum toten Ehemann. Ihrer Aufmerksamkeit entging auch nicht, dass die Bücher nicht nur verstaubt, sondern auch ziemlich alt waren. Lauter alte Ausgaben, keinerlei Neuerwerbungen oder ähnliches. Seltsam für einen Bücherfreund.

»Anscheinend war er krank.«

»In letzter Zeit hat er sich erstaunlich gut gefühlt. Zumindest körperlich. Er war recht munter …«

»Sie haben sein Verschwinden nicht gemeldet. Warum? Hatten Sie keine Angst um Ihren Mann?«

»Wir sind seit fünfzig Jahren verheiratet, da ist es schon manchmal vorgekommen, dass er wegblieb … Und anschließend wiederkam. Mal ist er zwei Monate lang Streichhölzer holen gegangen. Manchmal hat ihn eine andere Frau beschäftigt.« Frau Mroczek setzte sich auf ein Sofa. Ein zweites stand an der gegenüberliegenden Wand. Anna fiel auf, dass ihre Großeltern ganz ähnlich eingerichtet waren.

Fünfzig Jahre. Welches Jubiläum war das? Goldene Hochzeit? Eine Medaille für die Kraft der Liebe oder der Gewohnheit?

»Sie haben keinen Ehemann, Frau Kommissarin?«

»Nein.«

»Dann können Sie mich nicht verstehen. In den Nachrichten hieß es …«

»Sie sehen sich also die Nachrichten an?«

»Seit wir unseren ersten ›Rubin‹ gekauft hatten. Jetzt haben wir einen ›Jupiter‹. Der Empfang ist gut … In den Nachrichten haben sie gesagt, die Weichsel hätte meinen Mann ans Ufer gespült. Ist er ertrunken?«

Anna wartete wie ein guter Reporter. Wie ein guter Cop. Stille erschreckt die Leute. Eine Pause empfinden sie als niederträchtig. Aber hier prallte alles von der Gelassenheit der Witwe ab.

»Er war so depressiv. Sein ganzes Leben lang unzufrieden. Vielleicht der Krieg … Nach dem Krieg war er schon ein ganz anderer Mensch. Ich hätte wohl bei euch anrufen sollen … Manchmal drohte er, er würde von der Brücke springen. Aber er hatte keine Angst vor Wasser …«

Sie griff sich in Höhe des Herzens an die Brust und sank vornüber.

»Fühlen Sie sich nicht wohl? Ist es das Herz? Soll ich einen Arzt rufen?«

»Holen Sie nur meine Nachbarin. Das reicht. Mir geht's gleich wieder besser.«

Anna stand unentschlossen, sollte sie die Nachbarin holen oder besser den Notdienst anrufen, aber nach kurzer Zeit setzte sich die alte Frau wieder normal auf, mit einem um Entschuldigung bittenden halben Lächeln auf den Lippen.

»Ist schon wieder in Ordnung. Sie müssen sich keine Sorgen machen. Sie hatten gefragt …«

»Sie haben keine Kinder?«

Sie schüttelte verneinend den Kopf.

»Freunde?«

»Mein Mann hatte Bekannte in der Remise. Er war Straßenbahnfahrer … Aber als er in Rente ging, ist der Kontakt abgebrochen.«

»Und Ihre eigenen Freunde?«

»Mein Mann war mein Freund.«

»Obwohl er manchmal verschwand?«

»Sie sollten heiraten, Kindchen.«

Später blickte die Frau aus dem Fenster, und die Worte der Kommissarin drangen nicht mehr zu ihr durch.

Anna ließ den stinkenden Korridor hinter sich und lockte hinter der Tür nebenan eine alte Frau mit Lockenwicklern hervor. Ein kleiner schwarzer Terrier kläffte sie an und sprang an ihrem Bein hoch.

»Ich hab Sie angerufen. Ich hab bei der Polizei angerufen. Aber ich hab mit einem Mann gesprochen. Und was ist? Hatte ich recht?«

»Hatten Sie«, sagte Anna. »Gehen Sie jetzt und trösten Sie Ihre Nachbarin. Ich komme mit einer Streife zurück, und wir nehmen dann Ihre Aussage auf.«

»Dann geb ich ihr gleich den Topf wieder. Ihr Mann hat ihn mir hergestellt. Samt der Suppe, als dächte er, ich wohnte im Kühlschrank.«

»Gehen Sie bitte zu ihr.«

Szelig wartete, auf die Motorhaube gestützt.

»Das ist sie. Seine Frau. Sie denkt, er hat Selbstmord begangen. Wenn sie erfährt, dass es Mord war, wird ihr bestimmt leichter ums Herz, weil sie dann ein katholisches Begräbnis organisieren kann …« Allerdings hatte Anna keine Kreuze in der Wohnung gesehen. Nur diese Bücher. Es gab auch keine Fotos, keine Bilder, keine Deckenleuchten oder Hängeschränke. Sie hätte in die Küche schauen sollen. Aber das würde sie später tun.

»Ihre Nachbarin …« Sie sah in Szeligs Gesicht und brach ab. »Ist irgendwas passiert?«

»Sie haben aus dem Kommissariat angerufen. Tomasz Wilk hat gerade den Mord gestanden. Er behauptet, er habe Mroczek umgebracht.«

»Hat er ihn ertränkt?«

»Nein, nicht ertränkt. Er hat ihn erschlagen.«

»Wir müssen ihn verhören. Sofort. Ruf an, die sollen gleich jemanden herschicken, der das Protokoll aufnimmt. Mach ihnen klar, dass die Witwe einen Schock hat.«

»Die Frau des Professors?«

»Mroczek war kein Professor.«

»Was war er dann?«

»Straßenbahnfahrer.«

14.

Zwei Wahrheiten, die einander ausschlossen: »Bei dieser Arbeit darf man sich nicht engagieren.«; »Diese Arbeit zu leisten, ist man ohne sich zu engagieren nicht imstande.« Anna Hwierut wäre gern jemand anderer gewesen. Sie wusste allerdings selbst nicht, wer.

Während sie ins Kommissariat zurückkehrten, begann es zu schneien. Endlich, dachte Anna irrational, während sie zusah, wie sich die nassen Flocken an die Frontscheibe hefteten.

Die Putzfrau wäre bestimmt anderer Ansicht, die Profilsohlen der Polizeistiefel hatten schon ordentlich Matsch in den Eingangsbereich hereingetragen. Die wenigen Hilfesuchenden, die auf den unbequemen Stühlen hin und her rutschten, betrachteten trübsinnig die bräunlichen Schmelzwasserflecken. Schnee in der Großstadt ist niemals rein.

Zu ihrer Verwunderung erblickten sie Pietrzak, der mit aufgekrempelten Hemdsärmeln um die Computer im Empfangsbereich herumstrich. Sein erwachsener Sohn war Informatiker, aber es stand zu bezweifeln, ob dessen Fähigkeiten mittels Osmose auf den Senior übergegangen waren. Er bemerkte sie und winkte ihnen mit emporgerecktem Daumen.

»Du oder ich?« fragte Wojtek, während sie sich durch den engen, vollgestellten Korridor zwängten.

»Du«, entgegnete sie nach kurzer Überlegung.

Auf dem Tisch im Verhörraum stand ein altes Tonband, gleich daneben lag ein modernes, goldfarbenes Diktiergerät. So vervollkommnen wir neue Methoden und lassen die alten daneben bestehen, schoss es Anna durch den Kopf. Eine Stenotypistin war nicht da, also würde sie später alles niederschreiben müssen, und der Angeklagte würde seine Aussage mit seiner Unterschrift bestätigen …

Tomasz Wilk sah aus wie einer, dem ein riesiger Stein vom Herzen gefallen war. In sein bleiches Gesicht war die Farbe zurückgekehrt, und er hielt einen Becher mit dampfendem Kaffee fest in seinen Händen. Ein bekehrter Sünder. Anna hätte das gefallen sollen, aber es gefiel ihr nicht.

»Hat dich dein Vater je angerührt?«, brach es aus ihr hervor. Wojtek sah sie missfällig an; schließlich hatte er mit dem Verhör beginnen sollen.

Tomasz antwortete ruhig:

»Ja. Schläge sind doch wohl ›Anrühren‹.«

»Begreifst du eigentlich, wie es weitergeht? Wenn du ein formelles Schuldeingeständnis ablegst? Wir reden hier von Mord, es sei denn die Staatsanwaltschaft …«

»Doch, ich habe diesen alten Kerl umgebracht.«

»Er hieß Mroczek. Waldemar Mroczek.«

»Ich hab diesen Typen umgebracht.«

»Ist es dieser Mann?« Anna schob ihm die Polaroidaufnahmen hin.

»Ja, das ist er.«

»Es wurden Fotos vorgelegt, und der Tatverdächtige hat das Opfer auf den fotografischen Dokumenten identifiziert«, sprach sie ruhig in das Tonband.

Sie setzte sich bequemer auf dem Stuhl zurecht und sah Wilk an.

»Wie habt ihr euch kennen gelernt?«

»Er hat mich angemacht. Das heißt, ich hab ihn angemacht, vor so einem Klub am Miedzeszyński-Wall.«

»Ein alter Herr von achtundsiebzig Jahren«, Anna sah in den Papieren nach, »steigt Minderjährigen auf Parkplätzen nach? Anstatt friedlich zu schlafen?«

»Vielleicht ist er mit dem Hund spazieren gegangen, und der Rest hat sich ganz einfach so ergeben?«

»Hast du einen Hund gesehen?«

»Nein.«

»Waldemar Mroczek besaß keine Haustiere. Dagegen hatte er eine Frau, eine Bibliothek und er fand Gefallen an nächtlichen Spaziergängen. Genau wie du. Das behauptet deine Mutter.«

»Lassen Sie meine Mutter aus dem Spiel! Sie ist tot!«

»Weshalb bist du von Otwock nach Warschau ausgerissen?« fragte Wojtek.

»In Otwock ist es öde. Und außerdem brauchte ich Geld.«

»Wozu?«

»Ich wollte nach England fahren.«

»Dort, wo deine Freundin hingefahren ist?«

»Ja.«

»Hast du denn einen Reisepass?«

»Nein.«

»Wie hast du dir das denn vorgestellt?«

Stille.

»Diesen Zeitungsausschnitt haben wir in deinem Zimmer gefunden. Das ist die Todesanzeige eines Jungen, der ein bisschen älter war als du. Erkennst du sie wieder?«

»Er war auch in England.«

»Hast du sie deshalb ausgeschnitten?«

Stille.

»Warum wolltest du Selbstmord begehen?«, übernahm Anna wieder die Führung.

»Wollte ich nicht! Ich brauchte Geld für die Fahrkarte …«

»Bist du mit einem Gespräch beim Psychologen einverstanden?«

»Ja.«

»Und mit dem Variographen?«

»Was ist das?«

»Ein Gerät, das im Allgemeinen als »Lügendetektor« bekannt ist.«

»So wie in den Krimis?«

Sie nickte.

»Ich weiß nicht mehr, ob der Alte mich angemacht hat oder ich ihn. Für vierzig Zloty sollte ich ihm einen blasen.«

»Andere nehmen mehr …«

»Moment«, unterbrach Wojtek sie. »Was war dann weiter?«

»Wir sind ins Gebüsch gegangen. An die Weichsel. Ich wollte nicht, dass uns irgendwer sieht, ringsherum war alles hell … Der Mond schien hell. So wie ich es mag. Der Alte hatte Probleme mit dem Laufen, also hab ich ihn untergehakt. Der war überhaupt nicht schwer. Er hat was gemurmelt. Ich wollte, dass er mir das Geld zeigt. Aber er sagte … er sagte, er hätte es vergessen. Da bin ich wütend geworden.«

»Und dann hast du ihn ertränkt?«, fragte Anna.

»Ich hab ihn nicht ertränkt. Ich hab ihn am Hals gepackt, und gleich darauf war er tot. Das ging alles ganz ruhig.«

Anna spürte, dass sie genug davon hatte.

»Erst später hab ich diesen … diesen Mroczek in den Fluss geworfen.«

15.

Sie beobachtete, wie Szelig das Bürogebäude verließ, an der Straßenbahnremise mit ihren surrealistisch hohen Türen vorbeiging und geradewegs auf sie zusteuerte. Ein hübscher Kerl, hübscher als der sprichwörtliche Teufel.

»An Mroczek kann sich kaum noch einer erinnern. Lauter neue Leute. Keine alten Kumpel mehr da. Viele Jahrgänge sind schon in Rente gegangen oder sie haben« – er schnippte mit den Fingern – »von dieser – heißt es Altersteilzeit? – Gebrauch gemacht.«

»Keine Ahnung.«

»Im Büro stöbern sie jetzt die anderen Personalakten durch, vielleicht stoßen sie ja auf einen Kontakt für uns. Aber viele Leute sind schon nicht mehr am Leben.«

»So wie Mroczek.«

Er stieg in ihr Auto.

»Du kannst dir nicht vorstellen, wie viele Frauen heutzutage Straßenbahnfahrer sind. Das letzte Mal war das gleich nach dem Krieg so. In Łódż.«

»Und woher weißt du das?«

»Stell dir mal vor, die haben immer noch dieselbe Kantinenchefin. Die hat mir was Interessantes erzählt. Mroczek ist nicht in Rente gegangen, sondern hat gekündigt.«

»Das dürfte sich für ihn kaum ausgezahlt haben?«

»Das sagen sie in der Personalabteilung auch, aber er hat es getan. Seltsam, er hat sein Lebtag lang keinen Unfall verursacht.«

»Dafür ist ihm jetzt einer zugestoßen.«

»Ein Unfall?«

Sie winkte ab. »Unwichtig.« Sie war in Gedanken versunken.

»Weiß man, warum er gekündigt hat?«

»Gesundheitliche Probleme. Nicht seine eigenen. Angeblich musste er sich um seine Frau kümmern. Sie war Buchhalterin in der Krebsklinik.«

Sich kümmern. Wie lange wird ihr Vater noch damit fertig? Andauernd läuft sie ihm davon. Aber immer zögerlicher. Schließlich hält sie inne. Als ihre Mutter krank war, war sie, statt vom Krankenhaus gleich zu dem vom Vater mit Mühe zusammengeschusterten Mittagessen nach Hause zu fahren, mit der Straßenbahn von einer Endhaltestelle zur anderen gefahren. Anscheinend ziellos. Sie spielte mit dem Gedanken, wie schön es wäre, wenn die Bahn nie anhielte. Damit es kein Morgen gab, das das »Heute« verschluckte, in dem sie noch eine Familie besaß.

Nach dem Tod der Mutter hatte sie jedes Wochenende in der Hauptstadt verbracht. Sie kam in der Frühe mit dem ersten Zug und kehrte mit dem letzten wieder heim. Den ganzen Tag trieb sie sich herum. Am besten war ihr noch der de Gaulle-Kreisel in Erinnerung, damals noch ohne seine Palme, die Kunstgalerie Zachęta (sie war in keiner einzigen Ausstellung gewesen), die schwere Eingangstür zum Ethnografischen Museum (dorthin war sie vor dem Regen geflüchtet) und das vielstöckige Spielzeuggeschäft am Konstitucji-Platz. Nie hatte sie etwas gekauft. Dem Vater nur so viel Geld entwendet, dass es für die Fahrkarte reichte … Bestimmt hatte er gemerkt, dass sie seine Taschen durchwühlte, aber er hatte nie etwas gesagt. Das erste Jahr hindurch hatten sie hauptsächlich geschwiegen.

Als die Polizei in Łódż einen Vierzehnjährigen gefasst hatte, der Straßenbahnen entgleisen ließ, hatte der Polizeipsychologe behauptet, der Bengel habe sich dieses Transportmittel ausgesucht, weil er sich darin anonym fühlte. Er hatte sie zum Entgleisen gebracht, indem er im letzten Moment die Weiche mithilfe einer Fernsteuerung Marke Eigenbau umstellte. Anscheinend war er ein krankhafter Ordnungsfanatiker, mit strahlendem Gesicht hatte er beobachtet, wie die Straßenbahn später von einem Kran angehoben und zurück auf die Schienen gestellt wurde …

Sie setzte Wojtek am Kommissariat ab, und fuhr selbst zur Bank, um ihre Bankkarte umzutauschen. Sie geriet an eine Praktikantin. Seltsamerweise regte sich Anna überhaupt nicht auf, als sie sah, wie das Mädchen sich bei Selbstverständlichkeiten vergaloppierte. In diesem Moment, der verstrich, ging sie das alles ganz einfach nichts mehr an.

Anna parkte neben dem Wohnblock der Familie Mroczek. Ein intensiver Sonnenstrahl drang durch die Frontscheibe. Sie zog ihre Baseballkappe tiefer in die Stirn und schob den Schirm zurecht. Sie wartete.

Kinder spielten und lärmten. Sie wühlten unter dem Müllcontainer und kehrten dann zum Sandkasten zurück, in dem sich noch ein Quentchen weißer Staub befand. Sie schleppten Bücher herbei, die rings um den Müll zu gleichmäßigen feuchten Halden aufgeschichtet waren. Wären die Kinder erst verschwunden, würden gewiss die Müllfledderer auftauchen.

Dank der »literarischen« Bemühungen ersterer musste Anna ihr Auto nicht im Stich lassen, um sich zu vergewissern, was dort inmitten von Hausabfällen vergammelte. Das war natürlich Waldemar Mroczeks historische Bibliothek.

Anna nahm ihr Handy heraus und rief Luiza an.

»Hast du noch diesen Toten mit dem zehnten Nerv bei dir?«

»Der ist noch da. Die Seelenfänger nehmen ihn erst am Nachmittag mit.«

»Seinen Schädel hast du nicht geöffnet?«

»Seine Witwe war sehr erfreut darüber. Obwohl sie ihn ohnehin einäschern lassen will.«

Das tut sie, und die Cops haben auf der ganzen Linie das Nachsehen, dachte Anna. Auf welcher ganzen Linie?

»Wie hat sie reagiert?«

»Durchschnittlich.«

»Wie gut, dass du kein Psychologe bist.«

»Nicht wahr?«

»Luiza, könntest du ihm unters Hirndachl schauen?«

»Er liegt ja schon ein Weilchen bei mir. Das Hirn ist sicher schon zusammengefallen. Willst du eine Schnittprobe?«

»Für eine Laboruntersuchung.«

»Und du weißt nicht, was du suchst?«

»Das, was verschwunden ist.«

»Verschwunden? Die sollen ein ›Nichts‹ analysieren? Gut, ich sag dem Techniker, er soll die Instrumente vorbereiten. Aber ich habe den Brustkorb schon zugemacht, nun muss ich wieder alles auseinander wühlen …«

Anna wusste, dass ein während der Sektion entferntes Gehirn entweder in der Bauchhöhle oder noch höher landete: Dialog des stillen Herzens mit dem schweigenden Verstand. Und nur die paar Grämmchen Seele fehlten.

»Erzähl doch nicht. Die Drecksarbeit gibst du eh den Assistenten.«

»Du weißt ja nicht, wie viele wir hier haben.«

»Techniker?«

»Leichen.«

Ein Hund bellte. Dann klopfte jemand an die Autoscheibe. Die Nachbarin der Mroczeks. Besser gesagt, der Witwe Mroczek. Anstatt die Scheibe herunterzulassen, öffnete Anna die Autotür.

»Erkunden Sie das Terrain?«

Wie man sah, war die Erziehung der Bürger durch Krimi-Serien doch nicht vergeblich. Der kleine Terrier kletterte sofort auf ihre Knie.

»Er fährt gerne Auto«, erklärte die Nachbarin.

»Haben Sie denn ein Auto?«

»Nein.«

Der Hund schnupperte an Annas Fingern und klopfte ihr mit den Vorderpfoten auf den Bauch. Ein netter, warmer, kleiner Körper. Ein anderer Atem als der eigene. Vielleicht sollte sie Kuba einen Welpen kaufen? Und wenn es damit endete, dass sie ihn selber würde ausführen müssen? Oder einfacher: Sie würde den Hund gleich mit aufs Kommissariat nehmen.

Als sie noch jünger war, hatte sie über ein zweites Kind nachgedacht. Sie war nicht davon überzeugt, ein Einzelkind großzuziehen, und es ging ihr dabei nicht um den vorgeblichen Egoismus solcher Kinder. Ganz einfach, sie schätzte die Familie als täuschenden Sicherheitsgurt. Täuschend? Hätte sie mit einer Schwester oder einem Bruder den Tod der Mutter leichter überstanden? Trauer, geteilt durch zwei? Sie war nicht schwanger geworden, weil sie die Garantie haben wollte, dass eine zweite Ehe klappte. Es hätte klappen können. Nur, was dann? Sie, ein neuer Mann, ein neues Kind und Kuba – kein Junge mehr, sondern ein Geist aus einem anderen, verlorenen Leben. Das konnte sie ihm nicht antun.

Als er noch klein war, hatte sie ihm einen Wellensittich gekauft. Und dann? Der Sittich war eingegangen, kurz bevor der Winter kam. Kein schöner Anblick. Okay, manchmal setzten ihr Tiertragödien mehr zu als die von Menschen. Sie hatte den kleinen Vogel in ein Kistchen getan und ihm gemeinsam mit ihrem Sohn ein feierliches Begräbnis unter einem kahlen Strauch bereitet. Anna kam es so vor, als ob der Junge überraschend gut damit klargekommen war, bis ein paar Monate und der Jahreswechsel verstrichen und es begann, wieder wärmer zu werden. Da hatte Kuba gesagt:

»Der Frühling kommt. Es wird Zeit, dass wir den Sittich wieder ausgraben.«

»Sie hat alle seine Bücher rausgeschmissen«, sagte die Nachbarin. »Ein paar Jahre hat sie sie nicht angerührt, und jetzt hat sie die rausgeschmissen, einfach so.«

Anna schwieg.

»Sollten Sie meine Aussage nicht aufnehmen?«

»Vielleicht reden wir erst einmal nicht offiziell miteinander?«

»Die hatte schon ihre liebe Not mit ihm, zumindest in letzter Zeit, denn vorher galten sie als musterhaftes Ehepaar. Obwohl die Kinder vor ihm Angst hatten.«

»Oh?«

»Er hat versucht, sie mit irgendwelchem Dreckszeug aus der Mülltonne zu füttern. Oder er schrie ›Hände hoch!‹ Aber immer wenn er verschwand, waren es am ehesten die Kinder, die ihn wiederfanden und zurückbrachten.«

Der Hund war auf Annas Schoß eingeschlafen.

»Die Töpfe hat er ihr aus dem Haus geschleppt, die Unterwäsche … Nur seine Bücher, die hat er nicht angerührt. So eine Strafe des Himmels. Einmal ist er auf den Flur gestürmt, man will, das heißt, sie will ihn umbringen.«

»Haben Sie da die Polizei verständigt?« Dann musste ein Bericht bei den Akten sein.

»Nein. Wissen Sie, der war doch damals vollkommen nackt. Man darf die Leute nicht bloßstellen, solange sie leben. Das darf man nicht.«

16.

»Mach mir keine Angst,
ich fürchte sie nicht
die Zauber und Flüche,
Bürointrigen,
nicht Mutter, noch Schwester, noch Hund,
nicht Vater in der Anderswelt,
den Löwen nicht,
Und keinen schwarzen Wolga, Wolga, Wolga!«

Kasia Nosowskas Stimme erfüllte das Zimmer. Anna biss sich auf die Lippen, um nicht durch ihr Stöhnen den Rhythmus der Musik und ihren eigenen und Szeligs Rhythmus zu stören.

Das Mondlicht drang durch die halbgeöffnete Jalousie. Anna sah, wie der Kopf des Mannes sich zwischen ihren Schenkeln bewegte.

Sie vergrub ihre Finger in den Haaren ihres Partners. Er mochte es, wenn sie seine Ohrmuscheln liebkoste. Mit den Fingern, mit der Zunge. Männer und ihre kleinen Geheimnisse.

Sie sah auf ihren Liebhaber herunter und überlegte, ob sie seinen zitternden Kopf an ihre Lippen ziehen sollte. Sie lächelte; mit leichtem Druck gab sie ihm ein Zeichen, dass er langsamer wurde, während sie doch wollte, dass er das Tempo erhöhte.

Sie waren gleich groß, aber sie war absichtlich auf dem Kissen tiefer gerutscht und döste nun vor sich hin, die Nase in der erhitzten Achsel des Mannes vergraben. Zwischen den Schenkel spürte sie immer noch ein Kribbeln. Sie wollte noch nicht einschlafen, sie wusste, dass das, was sie gerade erlebte, nur natürlich war, aber Anna wollte die Intimität voll und ganz auskosten. Sie merkte, dass Wojtek auch nicht schlief, als sie ihm übers Haar strich.

Der Wind trug das Miauen einer Katze herein. Der Aufzug knarzte und setzte sich in Bewegung, um dann auf einem unbekannten Stockwerk anzuhalten.

Sie mussten eingeschlafen sein. Das Nächste, das sie wahrnahm, war ein Kratzen an der Tür. Und Schritte. Ganz in der Nähe. Ein Rütteln an der Klinke zur Eingangstür. Sie streckte die Hand aus und schaltete die Beleuchtung des Radioweckers ein. Wojtek, ebenfalls wach geworden, griff sie bei der Schulter und machte ihr ein Zeichen, sie solle schweigen. Sie blieb im Bett. Ohne sich um Bekleidung zu kümmern, erhob er sich lautlos von der Matratze, klaubte geschickt seine Pistole aus dem Halfter und bewegte sich an der Wand entlang auf die Diele zu. Anna setzte vorsichtig ihre Füße auf den kalten Fußboden.

Das Türschloss gab nach. Jemand stand auf der Schwelle.

»Stehenbleiben oder ich schieße! Auf den Boden!«

»Mama?«

Die Wohnung war in Licht gebadet. Für einen Moment waren alle geblendet.

»Steck das weg, Junge«, sagte Annas Vater zu Wojtek. Er meinte zwar die Pistole, betrachtete aber vielsagend dessen erschlaffte Männlichkeit.

»Mama …« Kuba war mit neuer Jacke und vollgestopftem Rucksack ins Schlafzimmer gestürmt und blieb wie angewurzelt stehen.

Anna war es gelungen, sich ins Betttuch zu wickeln. Sie spürte, dass ihr ganzes Gesicht brannte. Kuba drehte sich auf dem Absatz herum und rannte in sein Zimmer. Donnernd schlug die Tür hinter ihm zu. Wojtek streifte irritierend langsam seine Kleider über.

Sie ging ins Bad und holte ihren Morgenrock. Sie blickte in den Spiegel über dem Waschbecken und wusste nicht, ob sie lachen oder weinen sollte. Schließlich spülte sie sich nur den Mund mit Listerine aus.

Wojtek konferierte inzwischen über irgendetwas mit ihrem Vater. Ach, dieses Verständnis von Männern untereinander … Was aber sollte sie mit dem Jungen anstellen?

Szelig nickte ihr nur kurz zu, als hätte ihm jemand den Mund zugeschnürt und verließ leise die Wohnung.

»Ich mache dir einen Tee«, sagte sie zu ihrem Vater.

»Ein Kaffee wäre mir lieber.«

»Und was ist mit deinem hohen Blutdruck?«

Er winkte ab. Er saß auf dem Hocker in der Küche, die Mütze immer noch auf dem Kopf, um seinen Hals hing ein grässlich senffarbener Schal. Anna konnte plötzlich deutlich sehen, wie ihr Vater als alter Mann aussehen würde.

»Was war los?« Sie bemühte sich, ihrer Stimme einen weichen Ton zu verleihen.

»Kuba hat darauf bestanden, dass er zurück zu dir will.«

»So plötzlich, mitten in der Nacht?«

»Hast du Süßstoff da?« Er wich ihrer Frage aus.

»So verhält sich doch wohl nur ein Kleinkind. Und deine Aufgabe wäre es gewesen, ihn davon abzuhalten …« Ihre Stimme ging, statt zu schreien, in ein Flüstern über.

»Er hat mich in der Hand.«

»Also soll er sich zum Egoisten auswachsen, genau wie sein Vater.«

»Lass uns damit aufhören … Ich mache mir Sorgen um meinen Enkel.«

Sie nahm einen Schluck Tee und verbrannte sich dabei den Mund. Ihre Hände zitterten. Sie fühlte sich eingeengt. Sie fühlte sich klein und unglücklich. Am Morgen würde Zeit sein für Erklärungen.

»Um diese Zeit gibt es doch gar keine Bahnverbindung von Łódż nach Warschau«, bemerkte sie.

»Ich hab ein Taxi genommen.«

»Du bist vollkommen verrückt.«

»Ich wollte dir nichts verderben …«

»Weiß ich doch.«

»Das war doch dein Arbeitskollege, dieser Wojtek.«

»Schon.«

»Früher hast du uns mal einen ähnlichen Streich gespielt. Mir und deiner Mutter. Wir hatten dich zur Oma nach Retkino verfrachtet. Am Abend hast du dann einen hysterischen Anfall gekriegt und verlangt, sie sollte dich zurückbringen … Ich war wohl auch nicht gerade sehr glücklich darüber.«

»Davon weiß ich nichts mehr. Ich gebe dir das Geld für die Fahrt zurück … Kannst du auf der Liege in Kubas Zimmer übernachten? Ich könnte dir zwar auch den Sessel im Schlafzimmer ausklappen, aber …« Im Schlafzimmer roch es nach Sex.

»Ich werde mit Kuba reden.«

»Der hat anscheinend vollkommen dichtgemacht. So wie ich ihn kenne, hat er die Kommode vor die Tür geschoben.«

»Mich wird er schon reinlassen.«

Und das tat er auch. Anna blieb in der Küche, bis der Tee völlig kalt geworden war und sich ein silbriger Streifen Morgenlicht auf die Kacheln legte.

17.

Pietrzak hatte sie zu sich auf den Teppich zitiert. »Auf den Teppich« war zu viel gesagt. Der altersschwache Schreibtisch des Chefs stand auf gesprungenen PVC-Platten. Gleich neben der Heizung, wo mit Vorliebe ein mächtiger schwarzer Mischling namens Bruno schlief, war der Fußboden von den Hundepfoten bis auf den bröckelnden Zement zerkratzt.

»Ich brauche zwei Tage frei«, stellte sie fest, bevor Pietrzak sich auch nur vom Fenster umwenden konnte, auf dem der Staub eine alternative Rolle zum Rollo darstellte. »Eine Familienangelegenheit.«

»Und wenn ich nicht zustimme?«

Verdammt, das hatte sie nicht erwartet. Pietrzak war missmutig, und wenn einer nicht wusste, dass er eifriger Abstinenzler war, der in der Kirche Reinheit geschworen hatte (seine Frau hatte ihm gedroht, entweder er täte es oder er könne sich statt ihrer eine Schnapsflasche mit ins Bett nehmen), hätte er bei ihm alle Anzeichen eines ausgewachsenen Katers gesehen.

»Ich habe meinen überzähligen Urlaub noch nicht eingereicht …«

Er hob die Hand.

»Du kannst immer noch hingehen und Blut spenden. Dann hast du Anspruch auf Schokolade und einen freien Tag.«

Der Alte war sauer wegen des noch nicht lange zurückliegenden Warnstreiks, als die Mehrzahl der Polizisten, um mal eine Auszeit zu kriegen, sich zu freiwilligen Blutspendern erklärt hatte.

»Schokolade ist nicht mein Ding. Außerdem habe ich meine Tage.«

Pietrzaks Glatze färbte sich leicht rötlich. Was er wohl täte, wenn ihm das Schicksal statt des Sohnes eine Tochter beschert hätte?

»Zwei Tage, Anna. Und wenn du zurück bist, meldest du dich bei mir.«

Sie trennten sich und vergaßen vollkommen, worüber sie sich eigentlich hatten unterhalten wollten. Was Pietrzak ihr hatte sagen wollen.

Kuba hatte sich immer noch in seinem Zimmer eingeschlossen. Da hockte er nun und lauschte, denn Anna hatte wohl gemerkt, dass ihr Sohn den Kühlschrank geplündert hatte, während sie ein paarmal das Haus verlassen hatte. Zumindest saß er nicht hungrig herum. Das Bad hatte er auch vollgespritzt. Und letztendlich konnte er auch in eine Vase pinkeln.

War es schon soweit? Hatte er die Pubertät schon erreicht, war Anna von der »einfachen Mutter« zur »Mutter eines pubertierenden Teenies« avanciert? Darauf war sie nicht vorbereitet.

Sie versuchte, ihm das eine oder andere durch die geschlossene Tür zu erklären. Sie kam sich gedemütigt vor. Noch dazu, weil er überhaupt nicht mit ihr sprach.

Sie ertappte sich dabei, dass sie Angst um Kuba hatte, aber gleichzeitig auch wütend auf ihn war. Was stellte der sich eigentlich vor?

»Was stellst du dir eigentlich vor?«, schrie sie die unbewegliche Klinke an, die ihr ins Gesicht zu lachen schien. »Ich habe dich geboren, aber deswegen bin ich doch selber noch nicht tot.« Ein plötzliches Aufblitzen ihres Bewusstseins, dass sie erwachsen war, hielt sie davon ab, gegen die Türfüllung zu treten.

»Kuba, ich habe auch mein eigenes Leben«, sagte sie nun schon ruhiger.

Ich stehe mit der Nase vor verschlossener Tür, aber in Wirklichkeit mit dem Rücken zur Wand. Was soll ich tun? Sie kannte diesen Zustand. Als Kuba noch klein war, war er ihr auf Schritt und Tritt hinterhergelaufen, hatte ihre Knie umklammert und sie nicht fortlassen wollen. Anna hatte gespürt, wie diese kindliche Liebe sie umbrachte. Für jemanden, ja selbst für ein so kleines, hilfloses Wesen, die ganze Welt zu sein, hatte ihre Möglichkeiten überstiegen. Natürlich war auch das letztendlich vorübergegangen … Aber jetzt zeigte ihr ein leichter Druck an den Schläfen, dass das Problem nicht in Vergessenheit geraten war. Sie hatte es mit dem eigenen Vater durchgemacht: Eltern waren immer der Auffassung, das Leben ihrer Kinder gehöre völlig ihnen. Jetzt wartete die Aufarbeitung der umgekehrten Version auf sie: Ihr Sohn war der Ansicht, sie beide verbände immer noch die silbrige Nabelschnur. Was, wenn er nun Recht hatte?

Bald, schon bald würde es Frühling und des Nachts würde sie dann den Schrei der Elstern hören, wenn draußen die Katzen ihr Nest umschlichen.

Anna bewegte sich im Schlaf. Etwas hatte geschellt, zwar nur in ihrem Kopf, aber sie war ohnehin aufgewacht. Dieser Ton in ihrem Inneren glich am ehesten dem Läuten des Haustelefons. Immer, seit Jahren schon, war sie davon wach geworden. Es kündigte etwas an.

Sie raffte sich aus dem Bett auf, und ohne darauf zu warten, dass der Gedanke wieder verstummte, begann sie sich anzukleiden. Sie schnallte sich das Pistolenhalfter fest um, aber wichtiger war ihr momentan die Stablampe. In der Dunkelheit spendete sie ein gutes, starkes Licht.

Im Dämmerlicht schlich sie auf Socken zur Tür ihres Sohnes. Alles war still. Sie überprüfte, ob sie das Gas richtig abgedreht hatte und der Wind das Fenster nicht aufstoßen konnte. Ihre Schuhe zog sie erst im Korridor an und machte dann die Tür ganz vorsichtig hinter sich zu.

Draußen schneite es wieder.

Sie ging und rannte abwechselnd. Beim Anblick eines Streifenwagens verbarg sie sich hinter einer Mauernische. Sie streckte die Zunge heraus, um zu probieren, ob der Schnee immer noch wie früher schmeckte, nämlich nach gar nichts.

Ziemlich rasch war sie bei der Barke angelangt. Es roch hier immer noch nach Mensch und Büchsenfleisch.

Sie stieß einen kräftigen Fluch aus, als sie merkte, dass sie keine Plastiktasche bei sich hatte. In den Innentaschen ihrer Steppjacke fanden sich nur kleine Tüten für Beweismittel.

Sie ging zum Lager von Tomasz Wilk. Der Herrenmantel lag immer noch da. Vorsichtig hob sie ihn hoch. Er war leicht – gute altmodische Handarbeit. Sie betrachtete das Pelzfutter und fand, was sie zu finden gehofft hatte. Sie barg das Gesicht in dem Pelzkragen: Statt totem Nerz spürte sie den Tod eines Menschen.

»*Das Gehirn hat die Konsistenz von eingelegtem Tofu.*« Anna wusste nicht mehr, wo sie das mal gelesen hatte.

Es war schon hell, der Morgen begann immer früher. Weniger Dunkelheit für sie und die anderen.

Im Leichenschauhaus brannten wie immer die Leuchtstoffröhren. Die Tür zum Seziersaal war nur angelehnt. Als sie eintrat, hörte sie die Stimmen von Luiza und Wojtek, lebhaft trotz Tageszeit und Örtlichkeit. Nicht gerade ein geeigneter Platz für ein Stelldichein. Geschweige denn für einen Urlaubstag.

»Hallo«, grüßte sie und legte die prallgefüllte Saturn-Einkaufstüte auf einen freien Tisch.

Sie nickten ihr zu.

»Wie geht's dem Jungen?«, fragte Szelig. »Immer noch sauer?«

Miststück, du, hast du Luiza etwa alles gesteckt? Nein, ihr hättest du es nicht erzählt …

»Hast du dir Mroczeks Kleidung vorgenommen?«

»Ist getrocknet und aufgehängt.« Luiza holte aus dem Kabüffchen eine Kleiderstange, auf der die Sachen hingen. Jackett, Weste und Hemd waren auf der Rückseite mit dem Skalpell aufgeschlitzt. Die würde ohnehin keiner mehr tragen. Der einzelne Schuh schaukelte in einem durchsichtigen Beutel vor sich hin.

Anna nahm die Kleidungsstücke nacheinander von den Bügeln. Sie legte sie wie anatomische Exponate auseinander und fuhr mit den Fingern an den Nähten entlang. Keinerlei Firmenetiketten oder Waschzettel. Sorgfältig abgeschnittene Fäden. Zu sorgfältig.

»Was suchst du eigentlich?«, fragte Wojtek, als sie das Jackett ans Licht hob. »Nadelstiche, Auftrennspuren, Monogramme.«

»Viele trennen die Firmenetiketten raus, weil sie kratzen.«

»Ja, aber wer näht welche ein?«

»Die Reinigung«, sagte Luiza.

»Als Kuba noch klein war, hat er seine Handschuhe an einem Bändel getragen, damit er sie nicht verlieren konnte. Das hat ihn ziemlich genervt.«

»Die Methoden unserer Großmütter, was?« Kinder mit Strickmützen und Nylon- oder Flauschjacken, aus deren Ärmeln die Fausthandschuhe wie ein Paar zusätzlicher Hände hingen.

»Meine Mutter hat das auch so gemacht«, erzählte Szelig. »Ich habe andauernd irgendwas verloren, und wir hatten kein Geld ... Wenn sie gekonnt hätte, hätte sie mir Mütze und Schal an der Haut festgenäht. Am liebsten hätte sie mich selber an sich festgenäht ... Ich war so'n kleiner Ausreißer.«

»Genau darum geht es ja«, sagte Anna. »Kuba hatte immer ein Kärtchen mit Namen, Vornamen und Adresse in seiner Tasche. Manche Mütter haben so was sogar ins Futter gestickt.«

»Was willst du damit sagen?«

»Wer kann sich außer einem Kind noch verirren?«

»Ein Hund. Deswegen kriegt er einen Chip eingepflanzt.«

»Oder?«

»Ein Mensch, der wieder zum Kind wird«, sagte Luiza. »Demenz und Alzheimer liefern ein charakteristisches pathologisches Bild. Auf der Hirnrinde finden sich weit verstreute Plaques. Ich habe die mikroskopische Untersuchung von Mroczeks Hirn noch nicht hereinbekommen.«

»Und mit bloßem Auge?«

»Kein Arzt, der etwas auf sich hält, stellt so eine Diagnose. Du weißt gar nicht, wie stark diese Krankheit verbreitet ist, nur, dass man bei alten Leuten im Allgemeinen keine Sektion mehr vornimmt. Da schreibst du Schlaganfall in die Akten, und das war's.«

»Lässt sich das nicht irgendwie behandeln?«

»Mit einem vernünftigen Gesundheitsdienst, Wojtek? Mit Geldern. Alzheimer? Die Entwicklung dieser Demenzerkrankung wird im Westen durch die Gabe von Nootropika hinausgezögert. Ich weiß nicht, ob man die in Polen auch verwendet. Meinen Patienten würde es eh nicht mehr helfen.«

Anna holte den Herrenmantel aus der Saturn-Einkaufstüte. An das Pelzfutter war ein Stück Leinen angenäht, was einmal mit Kugelschreiber draufgeschrieben war, war mittlerweile fast völlig verblasst. Fast …

»Im Labor könnten sie versuchen, das zu entziffern«, sagte Luiza. »Nimmst du an, dass der ebenfalls Mroczek gehörte?«

»Ich habe ihn auf der Barke gefunden, dort wo Wilk übernachtet hat.«

»Die Witwe könnte den Mantel identifizieren, aber für den Jungen wäre das der Nagel zu seinem Sarg.«

»Er hat doch bereits gestanden«, behauptete Luiza.

»Und genau darum geht es«, brummte Anna. »Jemand hat alle Firmenetiketten und Wäschezeichen aus Mroczeks Kleidung herausgetrennt. Das hat der Junge nicht getan.«

»Na, aber der Mantel … eine »Visitenkarte« ist schließlich noch da.«

»Die Visitenkarte des Opfers oder des Mörders?«

»Das ist doch nur eine Theorie …«

»Kommt es vor, dass du Leichen ohne Handschuhe anfasst?« fragte sie Luiza.

»Nein.«

»Stimmt nicht. Ich habe es selbst gesehen.«

»Dann muss ich da irgendwas übersehen haben.«

»Das hier«, sie berührte den Nerzkragen, »ist auch etwas, das übersehen wurde.«

»Ich nehme die Sachen mit ins Labor«, sagte Szelig. »Und was machst du?«, wandte er sich an Anna.

»Ich? Ich sollte meinen Sohn wieder zur Vernunft bringen. Aber ich hab keine Zeit.«

»Kinder machen Probleme, was?«, Luiza sammelte die Kleiderbügel wieder ein.

Anna hörte ihr schon nicht mehr zu. Wojtek verabschiedete sich rasch und ging.

»Luiza, bringen dich die Leichen manchmal noch aus der Ruhe?«

Die Frau begann zu lachen.

»Willst du wissen, ob ich mich vor ihnen fürchte? Hast du neuerdings Kulturanthropologie im Abendstudium belegt, oder was?«

»Antworte bitte.«

»Das sind nur Körper. Muskeln, Haut, Knochen. Die nackte Wahrheit. Aber ich sage dir, was ich nicht mag … Ich mag es nicht, wenn die Menschen von den Toten oder vom Tod verlangen, das Leben vorzugaukeln. Hast du mal in offene Särge hineingeschaut? Diese Anzüge, frisch aus der Reinigung, diese auf Hochglanz geputzten Schuhe. Die Haare voll Spray, Schminke und Puder. Der Tod sieht dort aus wie eine billige Hure. Und das ist er nicht. Diese ganze Maskerade ist für die Lebenden, und darunter nichts. Die Maske ist leer. Ich hasse Hypokrisie. Diese nackten Körper auf den Tischen da, das ist meine Arbeit und Teil der Natur. Alles Übrige …«, sie winkte ab, »ist eine Vergewaltigung der Natur.«

Anna nickte mit dem Kopf. Sie hatte endlich verstanden.

»Die Toten sind nicht mehr Herr über ihre Körper.«

18.

Sie drückte energisch auf die Klingel, und als niemand antwortete, begann sie zu klopfen. Einen kleinen Moment ließ sie ihren Gedanken freien Lauf, während sie tatsächlich immer noch um ein bestimmtes Thema kreisten.

Damals war sie einem Jungen begegnet, der, nachdem seine Eltern nach Österreich gegangen waren, bei seiner Großmutter wohnte. Er kümmerte sich um sie. Jene alte Jüdin war mit dem Trauma, das ihr das 20. Jahrhundert beschert hatte, solange hervorragend zurechtgekommen, bis einer ihrer Nachbarn starb. Ein einsamer Alter, den man erst aufgrund des Geruchs fand, der unter seiner Tür hervorquoll. Er hatte lange Zeit dort gelegen. Da hatte die Großmutter zusammen mit einem ebenfalls bejahrten Nachbarn beschlossen, jeden Morgen mit einem Messer an ein Leitungsrohr zu klopfen, das senkrecht durch ihre Wohnungen verlief. Ein Klopfzeichen aus dem Gefängnis: Ich bin noch da. Noch bin ich in diesem Leben gefangen. Die alte Frau hatte mehrmals am Tage geklopft.

Jene Schülerliebe war auseinandergebrochen, und Anna hatte gedacht, der Junge sei ihretwegen so abwesend in sich gekehrt. In Wahrheit aber war er in sich gekehrt, weil seine Großmutter wie abwesend schien. Schließlich rückte er mit der Sprache heraus. Du glaubst es nicht, aber meine

Großmutter steht vor dem Spiegel und schreit. Sie schreit, sie sei erst dreißig, warum zeigt ihr dann der Spiegel das Abbild einer alten Frau?

Er muss sie zwingen, sich zu waschen, und dabei schlägt sie ihn. Er muss sie auskleiden und ins Bett bringen. Sie trägt mehrere Kleiderschichten übereinander, drei oder vier Röcke. Einen Pullover über dem anderen. Und mehrere Büstenhalter. An den Träger ihres BHs macht sie mit Sicherheitsnadeln noch ein paar weitere fest.

Sie holt Töpfe und Teller hervor und stellt sie im Spalier auf dem Fußboden auf. Sie schleppt sie in den Flur. Dann geht sie selber hinaus, und nur mit Gewalt lässt sie sich zurückbringen.

Als sie anfing, sein Zimmer mit der Toilette zu verwechseln, rief er seine Mutter in Wien an. Es war noch kein Monat vergangen, als Anna zufällig erfuhr, dass er Polen für immer verlassen hatte. Er hatte sich von keinem verabschiedet, so, als schämte er sich zutiefst.

Diese zerstörerische Krankheit hieß Alzheimer, was sich in Österreich sicher leichter aussprechen ließ, als in Polen.

»Sie sind gesehen worden«, sprach sie mit ruhiger Stimme durch die Tür. Das wirkte wie ein gespenstisches Sesamöffne-dich. Und drinnen … lauter Schätze?

»Wer war es?«

»Ein Junge, der Selbstmord begehen wollte. Er hat alles genau beschrieben.«

Auf dem Tisch stand ein Glas Wodka, bedeckt von einer Scheibe Brot. Barbara Mroczeks Blick folgte dem von Anna.

»Gedenkkost«, stellte Anna fest, »Totenspeisung. Ein alter Brauch.«

»Sie wissen also …«

»Sie hätten die Bücher einer Bibliothek überlassen können.«

»Aber Sie wissen längst nicht alles.«

»Nein. Sie haben in der Onkologie gearbeitet, da kann man sicher eine Menge Dinge von den Ärzten erfahren, auch wenn man nur im Büro arbeitet.«

»Das meiste hat mir mein Hund beigebracht. Hatten Sie mal einen Hund? Ich schon. Das war gleich nach dem Krieg, ich weiß nicht, wie dieser Mischling es fertiggebracht hat, zu überleben. Er war viele Jahre bei mir, und ich war stolz auf seine Lebensweise. Aber er wurde alt. Und als er schon sehr alt war, habe ich es bedauert, dass er während des Warschauer Aufstandes nicht im Topf gelandet ist. Verstehen Sie?«

Anna schüttelte verneinend den Kopf.

»Er konnte das Wasser nicht mehr halten und fand die Tür nicht mehr, aber ich dachte bei mir: Ich hab ihn lieb und lasse ihn nicht einschläfern. Dann wurde er blind. Dann taub. Dann kriegte er ein Furunkel auf dem Rücken, aber er lebte immer noch. Ich stank nach diesem Hund, in der Straßenbahn sind die Leute von mir abgerückt ...«

»In der Straßenbahn?«

»Dort habe ich meinen Mann kennengelernt. Seinerzeit lud man die Männer nicht einfach so zu sich nach Hause ein. Als er dann schließlich zu mir kam und Prinz erblickte, sagte er, er hätte nie zugelassen, dass er sich so quälte. Darauf haben wir miteinander gebrochen ... Das erste und einzige Mal.« Sie holte tief Luft. »Und Prinz lebte weiter, er lebte immer noch. Dann fing er an zu bellen, er bellte unablässig. Er pinkelte vor sich hin, drehte sich im Kreise und bellte, als verfolge ihn ein Gespenst.

Nur, dass er ins Leere bellte, aus seiner eigenen Leere heraus. Ich habe lange gebraucht, um das zu begreifen.«

»Ja, lange.«

»Weißt du, was das für ein Gefühl ist, wenn du jemanden anschaust, den du lieb hast, und du dir denkst und manchmal sogar sagst: ›Jetzt stirb doch endlich! Warum stirbst du denn nicht, verdammt noch mal?!‹«

»Ich weiß«, sagte Anna.

»Na, dann wissen Sie ja jetzt alles.«

»Wir müssen aufs Kommissariat fahren …«

»Ich weiß. Vielleicht ist der Wodka unter dem Brot schon verdunstet, wenn ich zurückkomme.«

19.

Der massiv gebaute junge Polizist, der in seiner Motorradkluft wie ein Ritter in Gummirüstung aussah, blieb vor Staunen stehen, als er sah, dass eine Nonne den Verhörraum verließ. Sie lächelte ihm zu.

»Grüß Gott«, fiel ihm der gebräuchliche Gruß aus seinem Elternhaus wieder ein. Schwester Angela nickte ihm zu und ging so dicht an ihm vorbei, dass er einen Duft nach Deodorant und wohl auch nach Zigaretten wahrnahm. Dann verschwand die Nonne im Büro von Anna Hwierut.

Er machte sich klar, dass Nonnen wohl schwerlich der Versuchung von Zigaretten unterlägen – die Hwierut dagegen sich in letzter Zeit vollkommen ungeniert eine Zigarette an der anderen anzündete. Diese Erklärung beruhigte ihn. Und brachte sein Weltbild wieder in Ordnung. Eine Polizistin, die Kette rauchte, konnte er ertragen, wenn auch nur schwerlich.

»Wenn er könnte, würde er sich mit Handschellen an die Heizung ketten«, sagte Schwester Angela zu Anna.

»Seltsam. Leute, die frei sind, wollen doch sonst so schnell wie möglich hier wieder raus.«

»Er hat Angst vor seinem Vater. Noch einen Schritt weiter, und er beginnt ihn zu hassen.«

»Vorläufig tut er sich selber Unrecht.«

»Er wusste, dass der Vater auf ihn wartete, wenn sie ihn laufen ließen. Da hat er es vorgezogen, ein »Mörder« zu sein.«

»Weißt du eigentlich noch, was dir so durch den Kopf ging, als du siebzehn warst?«

»Nein. Ihm bleibt noch ein ganzes Jahr, bis er volljährig ist?«

»Fast. Er ist früher eingeschult worden. Man hat ihn als hochbegabt eingestuft.«

»Aber das ist längst passé.« Anna klopfte auf ihre Zigarettenschachtel.

»Dürft ihr hier rauchen?«

»Es gibt Orte wie Kommissariate oder Krankenhäuser, wo die Leute immer rauchen werden. Ohne Rücksicht auf die Konsequenzen.«

»Ohne Rücksicht auf die Konsequenzen«, echote Schwester Angela. »Ich habe mit ihm ausgemacht, dass ich ihm einen Termin bei einem Urologen verschaffe, den ich kenne. Er hat die Adresse unseres Nachtasyls und alle Telefonnummern. Wir können für ihn nur das tun, was wir auch für die Mädchen tun.«

»Es wäre gut, wenn er sein Abitur machte. Wann ist die Beerdigung seiner Mutter?«

»Übermorgen. Aber der Vater will ihn heute mit nach Otwock nehmen.«

»Denkst du, er packt das? Dass er nicht wieder abhaut?«

»Das kann man schlecht vorhersagen. Er hat versprochen, vor Gericht auszusagen.«

»So oder so, er bekommt einen Vormund.«

»Wieso kriege ich so einen Jieper nach einer Zigarette …«, Angela verzog das Gesicht, »oder nach einem Stückchen Kuchen.«

Anna blickte sie durch den Zigarettenrauch an. In ihren Augen stand eine Frage.

»Nein, Ordensschwestern müssen nicht auf Süßigkeiten verzichten. Zumindest die schlanken nicht.« Angela klopfte sich auf ihre ausladenden Hüften. »Weißt du, wenn du dich von Wilk verabschieden möchtest, dann tu es jetzt. Ich habe versprochen, dass ich ihn zu seiner Tante bringe.«

Anna wehrte sich gegen das Gefühl der Hilflosigkeit. Aus Erfahrung wusste sie, sie würde diesem Jungen nicht weiterhelfen können. Es war nicht ihre Aufgabe, die Welt zu retten. Zu oft hatte sie schon miterlebt, wie Angst in Gewalt umschlug. Ein gehetztes Tier stirbt, wenn es aber nicht rechtzeitig stirbt, tötet es selbst.

Die Nonne versuchte keine Moralpredigt oder abgedroschene Phrasen. Die waren auf der Straße verboten.

»Ich weiß noch, was ich getan habe, als ich siebzehn war«, knüpfte sie an das vorherige Gespräch wieder an.

»Was denn?«, Anna drückte ihre Zigarette in dem überquellenden Aschenbecher aus.

»Abgehauen bin ich. Aber frag mich jetzt bloß nicht, wovor.«

»Ja und, hat's geklappt?«

»Ja. Ich bin Christus geradewegs in die Arme gelaufen. Aber er hat mir befohlen, in die Welt zurückzukehren.«

»Du hättest auch einem kontemplativen Orden beitreten können.«

»Ach, tatsächlich?«

»Ich weiß, ich weiß. Mit dem Chef diskutiert man nicht.«

Die Frau war bedeutend jünger als sie, aber Anna geriet nicht in die Verlegenheit, sie als Mädchen zu bezeichnen. Helle, an den Ansätzen mausgraue, zu einem französischen Zopf geflochtene Haare, an den Schläfen fest aus dem Gesicht gezurrt. Beigefarbener Pulli, schwarzer Rock bis knapp über die Knie. Dicke Strumpfhosen, obligatorisch flache Schuhe. Ein kleines Täschchen aus braunem Kunstleder. Ein Geruch nach Talkum, der sogar den Rauch durchdrang. An den nicht übermäßig langen Fingern ein Ehering … Stark glänzend. Während sie sprach, schob die Frau aller Nasen lang die rechte Hand unter den Rock und polierte das Metall. Sie war besorgt, aber aus der Art und Weise, wie sie sich auf die Lippen biss, schlussfolgerte Anna, dass sie auch wütend war. Nur, dass sie sich über diese Wut selbst noch nicht im Klaren war.

»Ich möchte Anzeige erstatten. Jemand verfolgt mich.«

»Und wie?«

»Im Internet.«

»Beleidigt er Sie, stellt er intime Fotos ins Netz?«

Die Frau wehrte heftig ab.

»Das scheint kein Mann zu sein. Aber ich habe Angst um mein Kind. Diese Person weiß zu viel über mich … Mehr als ich je geschrieben habe …«

»Wo haben Sie etwas veröffentlicht?«

»Im Portal ›Unsere Schulklasse‹.«

»Haben Sie bei denen interveniert?«

»Die können mir nicht helfen, wenn ich nicht die Polizei einschalte.«

»Und Ihr Mann?«

»Der weiß nichts davon.«

»Wie stellt die Person Ihnen nach?«

»Sie schrieb, ich sei die Schönste, später dann, ich sähe nicht glücklich aus. Ich meine, da dachte ich noch, es wäre ein Mann. So ein Junge, mit dem ich früher beim Schulsportklub war. Ich hab zurückgeschrieben …«, Pause,

»dass er vielleicht sogar recht hat. Und dass wir uns« – ein Aufblitzen des Ringes – »vielleicht mal treffen sollten. Und dann kam eine Nachricht: ›Jetzt kann ich deine Mail deinem Mann zeigen. Der soll mal sehen, was für eine Frau er hat. Treu bis an die Schmerzgrenze, wie? Er tut mir leid.‹«

»Vorläufig weiß ich nicht, wie ich Ihnen helfen kann.«

»Er oder sie schrieb, ich sähe nicht aus, als sei ich glücklich. Wo hätte er oder sie mich sehen können?! Und zuletzt kam die Nachricht, ich hätte eine wunderbare Tochter. Ich habe ihm oder ihr nichts davon gesagt, dass ich eine Tochter habe.«

»Ich verstehe ja, dass Sie Angst haben. Aber«, Anna suchte nach Worten, »für die Polizei ist das zu wenig.«

»Zu wenig? Aber was ist, wenn es am Ende zu viel wird?« Sie nahm die Tasche von der Stuhllehne und stand auf.

»Bitte, gehen Sie noch nicht weg. Lassen Sie uns noch weiter darüber sprechen … Einen Kaffee? Oder einen Tee?«

»Ich … ich hab mit dem, mit dieser Person Cybersex gehabt. Ich hab mich zu viel getraut. Das macht mich jetzt kaputt.«

Anna holte einen Fragebogen hervor.

»Lassen Sie uns das mal schriftlich festhalten. Ihre Adresse, ihren Beruf? Den Beruf Ihres Mannes?«

Die Frau erhob sich und streckte ihr zum Abschied die Hand entgegen.«

»Entschuldigen Sie. Es war unnötig, herzukommen. Ich habe wohl übertrieben, wie immer …« Sie wollte eindeutig das Weite suchen.

»Sie müssen mir zumindest Ihre Telefonnummer dalassen.« Die Frau kam von der Türschwelle zurück, trat mit leichtem Zögern an Annas Schreibtisch und legte eine Visitenkarte vor sie hin. Anna Tomczuk, Floristin, Telefonnummer und E-Mail-Adresse. Die Adresse des Blumenladens war auch vorhanden. »Wir übernehmen auch Fleurop-Zustellungen.«

»Überlegen Sie es sich noch einmal.« Anna Hwierut revanchierte sich mit ihrer Handynummer. »Da kann man bestimmt etwas tun. Jeder fühlt sich doch manchmal einsam.« Die Phrase entschlüpfte ihr, leicht wie Rauch.

Sie musste sich schon wieder eine anzünden. Sie machte sich Sorgen um Kuba. Später dann, nach der fünften Zigarette (sie teilte sich den Tag danach ein) wurde ihr bewusst, dass Anna Tomczuk ebenfalls Angst um ihre Tochter hatte. Anna und Anna – angeblich fühlten sich Namensgleiche durch ein nicht näher definiertes Band miteinander verknüpft. Psychologisches Spielchen? Je nun, Anna Hwierut mochte solche Frauen wie ihre heutige Besucherin nicht. Weshalb? Das wusste sie auch nicht mehr genau, nur eins behielt sie im Hinterkopf: Der Polizist sollte geschlechtsneutral sein.

Sie wählte die Nummer der Floristin. »Der Teilnehmer ist zurzeit nicht erreichbar.« Okay, dann würde sie es später noch mal versuchen, und überhaupt, worum ging es eigentlich bei dieser ganzen Internet-Geschichte?

Sie versuchte es nicht noch mal, weil ihr etwas dazwischenkam.

20.

Nur der Tod ist unsterblich, dachte Anna. Und ihr Kind, Kuba, er würde immer ihr Leben sein.

In der Wohnung war es heiß und stickig. Das könnte bedeuten, der kleine Aufsässige hätte seinen Schlupfwinkel verlassen. Sie wünschte sich, es wäre so. Sie warf einen verwunderten Blick auf die Tür zum Zimmer ihres Sohnes – ein Skelett aus Pappe hing daran. Sie sah es zum ersten Mal, es hatte das Winnie-Pooh-Plakat verdrängt. Schließlich hätte sie damit rechnen müssen, dass so etwas eintrat. Der Bengel wuchs heran und suchte seine Selbstständigkeit. Anstelle des Skeletts hätte er auch ein Atomzeichen oder Maos Porträt aufhängen können.

Kuba saß am Küchentisch und aß Rührei. Sie sah die Eierschalen auf der Tischplatte. Selbstverständlich war das Essen nur ein Vorwand, ihr Sohn hatte auf sie gewartet.

»Du rauchst zu viel«, sagte er, während sie Wasser in den Kessel füllte. »Du solltest überhaupt nicht rauchen.«

»Ich weiß.«

»Wegen Omas Krankheit solltest du nicht rauchen. Opa hat damit aufgehört.«

Ihr Vater hatte schrecklich viel geraucht. Die Filter seiner Zigaretten hatten nur aus einem gerollten Stück

Papier bestanden. Anna hatte gerne die Kippen aus dem überquellenden Aschenbecher geklaubt und die Mundstückchen aufgerollt. Wenn sie das tat, fühlte sie sich dem Vater näher, denn sie selber durfte natürlich nicht mit ihm rauchen. Ihre Mutter hatte das in Rage gebracht.

»Wie geht's Opa?«

»Er hat angerufen und gefragt, ob der Typ für dich was Ernstes ist.«

»Er hat dich deswegen angerufen?«

»Warum denn nicht? Ich habe ihm gesagt, ich weiß es nicht. Und dass du uns vorläufig nicht zu dritt ins Kino oder zu McDonald's lotst.« Er zog eine Grimasse.

»Was weißt du denn?« In ihrer Schulzeit hatten Ausdrücke wie »Scheidung« und »Stiefvater« kleine Sensationen ausgelöst. In Kubas Klasse kam die Mehrzahl der Kinder aus getrennten Familien, was längst nicht hieß, dass alle Konflikte abgestorben waren, noch bevor sie begannen.

»Ich brauche keinen Vater. Keinen biologischen und auch keinen anderen.«

»Da habe ich wohl auch noch ein Wörtchen mitzureden …«

»Ja, Großvater hat gesagt, erwachsene Frauen hätten ihre Bedürfnisse. Und das sollte ich akzeptieren.«

Danke Papa, dachte sie und sagte:

»Aber kein McDonald's und kein Happy Meal?«

»Genauso ist es.«

Ich wohne mit einem Scheinheiligen in Miniformat zusammen. Sie spürte, wie sie wütend wurde.

»Hör gefälligst auf, mit deinem Großvater mein Privatleben durchzuhecheln!«

»Mach keinen Aufstand, Mama.«

Sie holte tief Luft.

»Nach deiner Rückkehr aus Łódż wolltest du mir erzählen, warum du deinen Schulkollegen verdroschen hast. Ging es um deinen biologischen Vater?«

»Er hat gesagt, du wüsstest selber nicht, wer das war. Ich musste dich doch schließlich verteidigen.«

Sie nickte.

»Er hat gesagt, meinen Vater hätten sie in einer Pipette gebracht. In einer Glaspipette«, bedeutete er inbrünstig.

»Hör mal, du willst keine Frucht der Samenbank sein, aber gleichzeitig willst du auch keinen Vater haben. Siehst du keinen Mangel an Logik darin?«

»Wenn die Leute sich logisch verhielten, verkauften sie gebrannte Mandeln auf der Nowy Świat.«

»Mandeln mit Zuckerguss. Gibt's nicht mehr.«

»Weil Winter ist, Mama.«

Ich will mich nicht streiten, beschloss sie. Sonst würde Kuba ihr gegenüber wieder dicht machen. In seinem Alter muss ich wohl genauso gewesen sein.

»Ist das Skelett ein Geschenk von Opa?«

»Nein. Opa hat mir ein Taschenmesser geschenkt.«

»Zeig mal her.«

Er rannte in sein Zimmer. Ihr Vater sammelte Messer. Sie hielt es für eine berufliche Entgleisung. Messer und Wetzsteine. Alle Klingen waren rasiermesserscharf. Das, was Kuba jetzt anbrachte, war leicht gebogen mit beinernem Griff. Nein, das war ganz entschieden kein Spielzeug. Alter Blödmann!

»Bist du dir darüber klar«, sagte sie, bemüht, sich zu beherrschen, »wenn bei einer Schlägerei auf der Straße jemand ein Messer zieht, landet einer fast immer auf der Intensivstation oder im Leichenschauhaus?« Ihr erster

Fall … Ihre ersten Leichen … Anatomie der Messerstecher. Anatomie der Messer.

»Großvater hat mir das doch nicht gegeben, dass ich damit kämpfe! Das soll der Anfang einer Sammlung werden.«

Na großartig! Anna stellte sich vor, was die Schulleiterin sagen würde, wenn Kuba in der Pause mit »so etwas« angab. Und wie die Kinder reagieren würden.

»Weißt du, Mama, das kann nützlich sein, wenn man sich verteidigen muss.«

»Kuba, halt jetzt besser die Klappe!«

Sie wusste sehr wohl, wie ihr Vater sich eine »Selbstverteidigung« vorstellte. Schließlich hatte er es ihr beigebracht. Denke dran, hatte er gesagt, von einem gewissen Moment an zählst nur noch du selbst. Kein Mitleid mit dem Angreifer, er hat schließlich auch kein Mitleid mit dir. Mach dein Ding. Schalte ihn aus. Die gefährlichsten Wunden sind die von Tieren. Wenn du schon schießen musst, dann ziele gut. Einmal, aber gut.

Damals hatte sie ihn gefragt, ob er wisse, dass es im Reglement der Polizei so etwas wie einen Warnschuss gab. Wenn ein bewaffnetes Ziel anvisiert werden musste, schoss man mit einer zweiten Kugel in die Schulter der Hand, die die Waffe hielt.

»Ich sage das nicht zu dir als Polizist«, hatte er behauptet.

»Als wer dann?«

»Als dein Vater.«

Nach der kurzen Wanderung in die Vergangenheit kam sie in die Küche zurück.

»Ich requiriere dieses Messer. Das ist kein Messer zum Pilze sammeln, sondern ein richtiges Messer. Du kriegst es zurück, wenn du älter bist.«

»Das ist ein Geschenk. Das darfst du nicht!«

»Möchtest du dich davon überzeugen?«

Er sprang vom Tisch auf, als hätte er sich verbrannt. Knallte mit den Türen. Das Skelett an seiner Schnur begann in einer erschreckenden *dance macabre* zu schaukeln.

Nun habe ich ihn wieder verloren, dachte Anna an ihren Sohn.

Später begann sie sich in der Wohnung umzuschauen, um die Orte zu sondieren, die sich am ehesten als Versteck für das Messer eigneten. Sie zweifelte nicht daran, dass der Junge, wenn sie zur Arbeit gegangen war, aus seiner Höhle auftauchen und danach suchen würde. Der Platz musste gut, aber nicht augenfällig sein. Ein jungfräulicher Platz.

Sie streifte die Schuhe ab und huschte leise auf Zehenspitzen durch den Korridor. Auf der Kommode, für die im Zimmer kein Platz war, stand eine riesige Vase mit einer Komposition aus getrockneten Blumen.

Das war ein guter Platz.

Die Walther. Ihre Dienstpistole. Der Freund in ihrer Hand. Dieses konkrete Exemplar hatte bei Schussabgabe einen leichten Linksdrall. Die Waffe war nicht gerade großartig, nichts Ausgefallenes. Eine ganz prosaische Walther. Sie hatte noch nie jemanden getötet. Und wie das Gros der Polizisten hoffte sie, dass dies auch nie eintreten würde. Seinen Frust konnte man schließlich am Schießstand loswerden. Natürlich immer unter der Voraussetzung, man hatte Geld für eigene Munition.

Polizisten, besonders die älteren Jahrgänge, trainierten generell zu wenig. Anstatt sich die Stunden auf dem Schießstand um die Ohren zu hauen und auf Scheiben zu ballern, saßen sie lieber mit einem Bierchen vor der Glotze. Oder verbrachten wie Anna ihre Zeit mit den Kindern.

Die Tatsache, dass sie ziemlich gut schießen konnte, verdankte sie ihrem Vater. Seiner Geduld und ihrer Mühe, seiner Entschlossenheit und ihrer Demut. »Wenn du schon schießen musst, dann schieß wenigstens richtig.« Schließlich hatte sie geschossen und dabei einen Mann verletzt. Dass er ein Autodieb war, war nach einiger Zeit zweitrangig geworden.

Eine Pistole war eine bequeme Waffe, »kontaktfrei«, wie es im Jargon hieß. Ein Mord ließ sich leichter begehen, wenn man schoss, statt jemanden zu würgen oder mit dem Messer zuzustechen. Einem die Klinge in den Leib zu jagen war intimer, sowohl für den Mörder, als auch für das Opfer.

»Du darfst keine Angst vor der Pistole haben, Anna.« »Hab ich nicht.« »Das ist gut. Andererseits darfst du dich aber auch nicht hinreißen lassen.« Sie verstand, als er ihr zum ersten Mal die Waffe in die Hand drückte. Noch bevor sie zugriff, spürte sie den intensiven Geruch nach Fett, der ihr in die Nase stieg. Und das Gewicht, dieses Gewicht irritierte etwas so Flüchtiges wie das Gemüt. Aber letztendlich hatte sie sich Gleichgültigkeit gegenüber ihrer Dienstwaffe erarbeitet. Gegenüber jeder Pistole.

Aber sie hatte es nie ihrem Sohn beigebracht. Und ihrem Vater erlaubte sie auch nicht, den Enkel einzuweisen. Nein. Nein. Sie würde ihn aus dieser Welt von stinkendem Fett heraushalten. Dennoch … Ein Unrecht war schon geschehen.

Obwohl sie schon immer Sicherheitsvorkehrungen getroffen hatte, beschloss sie zusätzlich, sie würde ihre Waffe nach Dienstschluss im Kommissariat lassen. Der

Vater würde sie deswegen ausschimpfen. Sie nahmen Gewalt eben auf unterschiedliche Weise wahr. So wie sie ihre Erziehungspflicht unterschiedlich wahrnahmen. Sie aber hatte noch nie einen Entschluss gebrochen, den sie einmal beim Anblick ihres Spiegelbildes gefasst hatte, und so schloss sie die Waffe in der untersten Schreibtischschublade ein; dort wo das Buch lag, *Die Nacht bricht schnell herein.*

21.

»Glück im Spiel, Pech in der Liebe.« Der Zufall lächelte ihm zu. Oder ein Engel. Mit einem Mund, der noch nie Atem geschöpft hatte. Die Idee, der Polizistin zu folgen, war ganz plötzlich gekommen, scheinbar aus der Luft. Und hatte sich vollkommen bei ihm eingenistet. Er machte sich auf eine lange Wartezeit gefasst. Ging in den erstbesten Secondhand-Laden in Praga Nord und kaufte einen abgetragenen Mantel. Die Verkäuferinnen achteten nicht darauf, dass er nur mit einem Pullover bekleidet hereingekommen war; sie schauten nur, dass er nichts mitgehen ließ. Und darauf kam es ihm an. Deswegen hatte er kein anderes Geschäft gewählt. Er hatte Geld. Viel früher hatte er es bei sich getragen, im Schuh versteckt, und als sie ihn schließlich holten, hatten sie ihm unten zwar die Schnürsenkel abgenommen, aber nichts weiter.

Nach kurzer Überlegung kaufte er Handschuhe. Und eine Mütze.

Er ging durch den Skaryszewski-Park und betrachtete das tote Rosarium. Es war nur scheinbar tot. Die Menschen kannten weder das Leben, noch den Tod. Er war hungrig und kaufte einen Bagel. Er schmeckte ihm nicht, darum teilte er ihn sich mit einer Taube.

Er wusste, dass das Kommissariat auf den Parkplatz hinausging, und dass es dort keine gute Stelle für Beobachtungen gab. Möglicherweise würde er sich viele Mäntel anderer

Leute kaufen müssen. Viele Identitäten. Das Leben haarte, und er musste sich die Reste auf seinen Buckel packen … Er war schon auf tägliche Spaziergänge zu unterschiedlichen Zeiten eingestellt, als das Schicksal ihm zulächelte und die Polizistin das Kommissariat verließ. »Anna«, seine Lippen formten ihren Namen. »Anna« nannte er sie.

Fortuna drehte ihr Rad. Sie stieg in ihren Wagen und fuhr davon … Idiot, der er war, weshalb hatte er angenommen, wenn sie in diesem Revier arbeitete, müsse sie auch hier wohnen? Man beschmutzte doch nicht sein eigenes Nest. Wo also nistete sie?

»Die Sonne scheint auch für die Toren«. Am nächsten Tag lauerte er schon seit dem frühen Morgen, aber der grüne Fiat Uno kam nicht. Am Abend ging er wieder hin, das Auto war immer noch nicht da, aber Anna Hwierut kam aus dem Kommissariat. Anscheinend hatte er sie vorher übersehen. Guter Gott. Ihr guten Engel. Unabhängig von der Farbe unserer Seele haben wir doch alle denselben Gott.

Sie stellte den Kragen ihrer Jacke auf und schritt aus. Er folgte ihr locker. Sie hatte beide Hände in den Taschen vergraben. Er hätte seine ausbreiten und vor Freude schreien mögen: Ich bin der König der Welt! Sie suchte sich ihren Weg durch Saska Kępa. An einem Gemüsestand griff sie wahllos einen Kopf angefrorenen Weißkohls heraus. Er würde bitter schmecken. Seine Frau hätte sich einen derartigen Fehler nie erlaubt.

Er blieb stehen und ließ zu, dass Anna hinter der Eingangstür des Wohnblocks verschwand. Etwas später ging er hinterher, wie ein Spürhund auf ihren Spuren. Am Haustelefon standen keine Namen. Für die Post war es entschieden zu spät, aber für einen Kurier? Er drückte auf den erstbesten Knopf.

»Was ist? Wer ist da?« fragte eine müde Stimme.

»Kurierdienst. Der Empfänger ist nicht zu Hause, ich wollte ihm einen Abholschein im Briefkasten hinterlassen.«

Die Tür öffnete sich. Er bedankte sich höflich und betrat das Haus. Irgendwo oben fiel eine Tür ins Schloss. Warum wohl? Das Nachdenken vertrieb ihm die Zeit, ohnehin hatte er davon ein ganzes Meer voll. Er mochte Salz. Als Kind hatte er immer genüsslich seine langen, wohlgeformten Finger abgeleckt.

Er warf einen Blick auf die Liste der Mieter, schon wusste er, wo er Anna suchen musste. Er sah nach oben und versuchte abzuschätzen, ob er die Glühbirne erreichen würde. Doch, er war hochgewachsen. Wenn er sich nun dabei verbrannte? Na, wenn schon. Seine Hände waren eh nicht in guter Verfassung. Steif vor Kälte.

Er aß einen Döner. Fuhr zum Kino. Während des Films schlief er ein. Dann kehrte er zu Annas Haus zurück. Früher hatte er die Fenster gezählt, sie den einzelnen Wohnungen zugeordnet. Damit hatte er sich auch die Zeit vertrieben, als er noch ein Junge war. Hier wohnte dieser, dort wohnte jener. Klassenkameraden, Mädchen. Die mit dem fülligen Busen aus dem Konservatorium, die ihm eine runtergehauen hatte, als er sie zu lange anstarrte … In dunkle Fenster starren konnte er, solange er Lust dazu hatte. Er ging einen Schritt zurück. Die Leute schliefen wohl schon, sie aber nicht. Bei ihr brannte Licht. Diesmal war das keine Frage von Glück. Von den Vernehmungen her erinnerte er sich an ihre tiefen Augenringe. Die Polizistin litt unter Schlaflosigkeit.

Während er sich einen Schlafplatz zurechtmachte, überlegte er, ob sie schon davon wusste.

22.

Das Kommissariat lag verlassen. Aber das war nicht etwa ein ernstzunehmender Streik. Ein Teil der Beamten hatte alten Urlaub genommen, ein anderer war Blut spenden gegangen. Ein Teil würde am Nachmittag wieder herkommen, der andere Teil nicht … Von Praga Süd nach Wólka Węglowa war es weit, sogar im Sommer. Umso mehr in diesem Winter, der sich nicht entscheiden konnte, ob es nun schneien sollte oder nicht. Wólka Węglowa besaß einen Friedhof. Seine Mauer erstreckte sich über die Entfernung von drei Haltestellen. Drinnen kreuzten sich die Fußspuren der Trauergäste. Der Friedhof organisierte Ausflüge zum Krematorium. Gewiss, es war groß, aber es hatte keine unbegrenzten Möglichkeiten. Die hatte der Tod. »Lass dich einäschern, das schont die Umwelt«. »Schone unseren Platz«. Schwierige Slogans in einem Land, in dem die Schornsteine von Auschwitz geraucht hatten und in dem immer noch Reliquienkult herrschte. Wasser aus Lourdes. Großvaters Krawatte. Ein Faden, dereinst aus dem Habit von Padre Pio. Die Fahrkarte von der Pilgerreise zum Grabe »Unseres Papstes«.

Einäscherung wäre so etwas wie ein zweiter Tod, hatte jemand zu Anna gesagt. Anna fand, der Tod ließe sich nicht doubeln. Wenn er da war, war er da. Wenn nicht, dann nicht. Aber sie wollte die beiden Särge (oder Urnen) des Selbstmörder-Polizisten und seiner Tochter nicht sehen. Würde man ihn an der Mauer begraben? Das Mädchen auch? Dank sei dir, o Herr, für kommunale Friedhöfe.

Anna wollte nicht hingehen und eine im siebenten Monat schwangere Polizistin ansehen müssen. Woran diese Witwe wohl denken mochte? Daran, wann sie das letzte Mal gelächelt hatte? Daran, ob das je wieder möglich wäre? Das würde es, wenn erst der Posthumus zur Welt kam. »Posthumus« und »Nekropole«, Wörter wie aus einem Geschichtsbuch. Sie machten sprachlos. Wie die Stimme der antiken Ägypter. Wólka Węglowa war zwar nicht das Tal der Könige. Aber genau das würde überdauern: Friedhöfe und Reklameslogans.

Diese Sorte Bewusstsein verbarg Anna tief in ihrem Inneren, genauso wie den Slogan, Polizisten müssten immer zusammenhalten, wie im Spiel von Räuber und Gendarm. Trotz allem. Trotz chemischer Explosion im Hirn und Depression im Herzen. Das Böse und das Gute. Cops fuhren zum Begräbnis eines Cops, aus dem die Boulevardpresse einen grausamen Mörder gemacht hatte … Sie hatten ihr Blut gespendet, um einen freien Tag zu ergattern. Denen da oben schmeckte dieses Begräbnis mit geführter Anwesenheitsliste überhaupt nicht. Das Leben konnte manchmal gallenbitter sein, aber man lebte es trotzdem. Ich spiele Räuber und Gendarm, dachte Anna. Und ich bin schon groß.

Für Kuba.

Ihre Erwägungen wurden von Szelig unterbrochen. Sie bemerkte Wojteks Lockenkopf an der Tür. Er versuchte ein Lächeln, aber es gelang ihm nicht besonders. Freude ist etwas, das wir recht schnell verlieren, so wie die Milchzähne.

»Ist das Begräbnis schon zu Ende?«

»Nein.«

Er machte die Tür hinter sich zu. Leise.

»Mach sie lieber wieder auf, sonst zeige ich dich wegen sexueller Belästigung an.«

Ihre Worte fegten das Lächeln endgültig aus seinem Gesicht. Aber trotzdem versuchte er, alles ins Scherzhafte zu kehren. Besser so, als wenn er wütend geworden wäre. Jede Frau fühlte sich gelegentlich von einem Mann bedroht. Wenn sie nur lauter Körbe bekamen …

»Keine Chance auf ein romantisches Rendezvous?«

»Du hast nicht mal die Chance auf ein Glas Wasser.«

Eros und Thanatos, Sex und Tod, man musste nicht Sigmund Freud sein, um die beiden miteinander zu verknüpfen. In der Nacht nach dem Begräbnis der Mutter hatte Annas Vater im elterlichen Schlafzimmer geweint. Geweint und gestöhnt.

»Pietrzak sagte, du wüsstest noch nicht …«

»Was?« Anna fuhr auf ihrem Drehsessel herum, dass es quietschte.

Szelig wirkte bekümmert.

»Du solltest jetzt nicht allein bleiben.«

»Aber auch nicht mit dir zusammen«, sagte sie entschieden. »Mein Sohn behandelt mich, als wäre ich die kesse Lola.«

»Du könntest größere Probleme kriegen. Dieser Freigang auf eigene Faust …«

»Was?«

»Wieńkowski ist abgehauen.«

Der Drehsessel quietschte hörbar.

»Wie ist das passiert?«

»Aus'm Gericht. Durchs Toilettenfenster.«

Auf die alte Tour, es klang wie ein Witz mit langem Bart. Aber immer noch wirkungsvoll. Anna kannte die Sicherheitsvorkehrungen in polnischen Gerichten. Taschen wurden durchleuchtet, aber keinen kümmerte es, ob die Fenster vergittert waren.

»Er wartete auf das Urteil wegen seiner Internierung. Im Prinzip befand das Gericht auf zwangsweise Behandlung, und der Vertreter der Psychiatrischen Landeskommission sollte bekanntgeben, in welche Klinik Wieńkowski eingewiesen würde.«

»Und wohin wäre er verlegt worden, wenn er denn verlegt worden wäre?« Sie kniff den Mund zusammen. Um die Lippen herum bildeten sich kleine mimische Fältchen.

»Nach Rybnik.«

»In die Basisabteilung?«

»Nein. In die Sicherheitsverwahrung.« Eine Mauer, Monitoring, Schleusen. Zwei Sanitäter für je einen Patienten.

»Ich denke ja, er spielt uns den Irren nur vor.«

»Die Ärzte haben sich nun mal für dieses Verdikt entschieden. Was immer ihre Einschätzung auch wert sein mag, Pietrzak glaubt, er würde sich rächen wollen.«

»An wem?«

»An seinen Schwiegereltern. An dir.«

»Da muss er aber tatsächlich einen gewaltigen Schuss haben.«

Verbrecher rührten fast nie Polizisten oder deren Familien an. Das war selbst für sie ein zu großer Sumpf.

»Und wenn doch?«

»Nun hört schon auf. Du und auch Pietrzak. Den sehen wir nicht wieder, es sei denn an der Grenze.«

Szelig nahm wie gewohnt auf einer Ecke des Schreibtischs Platz.

»In seiner Kindheit war er stationär in der Psychatrie. Nächtliches Bettnässen, Zwangsneurosen.«

»Er ist in einem Kinderheim gelandet?!«

»Daher wissen wir so wenig über ihn.«

Der Drehstuhl quietschte.

»Hast du bemerkt, dass irgendwas im Busch ist?«

»Wo?«

»Dass da irgendwas ist, zwischen dir und ihm?«

»Was?!«

»Er hat eine Show abgezogen. Weißt du noch, beim Lokaltermin? Du warst seine Auserwählte.«

»Blödsinn. Die spielen sich doch alle auf.«

»Du solltest dich vor ihm in Acht nehmen.«

»Warum denkst du das? Weil er mich länger angesehen hat?«

»Das sagt mir meine Intuition.«

»Männer haben doch so was gar nicht.«

»Polizisten schon.«

23.

Sie ging in den Waschraum. Und schaute geradeaus in den Spiegel. Sie lächelte ihrem Spiegelbild zu.

Dieser Spiegel war ihre erste Errungenschaft im Kommissariat. Den älteren Polizisten und auch den Frauen, die in der Verwaltung arbeiteten, wäre es nicht in den Sinn gekommen, dass auf die Damentoilette ein Spiegel gehörte. Da sich die Polizei aber nun mal feminisiert, hatte Pietrzak gebrummt und dann veranlasst, dass einer angebracht wurde. Er selbst hatte ihn nie zu Gesicht bekommen, es war, als würden die Kacheln der Damentoilette Feuer unter seinen Schuhsohlen entfachen.

Hallo, Spieglein. Er war schon ein bisschen blind geworden, und von einer oberen Ecke zog sich ein Sprung nach unten. Aber er log nicht. Anna sah darin immer so alt aus, wie sie war, es sei denn, sie sah so wie heute älter aus. Das gefiel ihr überhaupt nicht.

Sie hätte es vorgezogen, wenn die Freunde ihres Sohnes gesagt hätten: Deine Mutter is'ne scharfe Braut. Anstatt: Deine Mutter is'ne Polizistin. Befürchtete Pietrzak etwa so was in der Art?

Es machte ihr Sorgen, dass Kuba so wenig umgänglich war (keine Freunde hatte, wolltest du wohl sagen) und dass er das von ihr geerbt hatte.

Moment mal, Moment. Sie hatte schon so eine, wenn nicht gerade eine Freundin, so konnte sie zumindest mit ihr Tee trinken. Und auf Tee hatte sie jetzt richtig Bock.

In der Nähe der ›Goldenen Terrasse‹ musste sie ziemlich lange nach einem Parkplatz suchen. Dann sauste sie hinein, in den Parfümladen. Sie kaufte einen Lippenstift – viel zu rot, als dass sie ihn je auftragen würde.

»Der ist wirklich farbecht«, sagte das junge Mädchen, das sie bediente. »Er hinterlässt nicht mal an der Kaffeetasse Spuren.« Sie lächelte und zwinkerte ihr zu.

Schön, sie hat mich eingeschätzt wie jemanden, der sich noch einen Liebhaber angeln kann. Mehr als über den Lippenstift freute sie sich über die Cremepröbchen. Sie suchte ihr Auto, regte sich über einen Fahrer auf, der sie fast zugeparkt hatte, aber als schließlich das Adrenalin munter durch ihre Venen kreiste, fuhr sie weiter.

Später war dann Blut auf den neu verlegten, glänzenden Schienen. Die Straßenbahnen standen in einer Reihe bis hin zum Zawisza-Platz wie verlassene Puppenhüllen. Sie würden so lange so verharren, bis die Techniker der Spurenermittlung das Ihre getan hätten. Die Streifenwagen standen stumm da, nur die sich rasch drehenden Lichter auf den Wagendächern hoben sich zusehends intensiver vor dem Hintergrund der hereinbrechenden Dunkelheit ab. Jemand hatte einen spektakulären Selbstmord begangen, und die große Stadt würde wenigstens einmal von ihm Notiz nehmen. Sie hätte es vorgezogen, das Gaspedal durchtreten zu können, statt ihre Arbeitskollegen durch die Scheibe zu grüßen.

Welche Farbe war am kontrastreichsten zu Rot?

Die Klingel war unter der immergrünen Hecke versteckt. Einen Moment später kam eine junge Nonne heraus und öffnete die Pforte.

Sie gingen durch den Klubraum, in dem sich eine Gruppe weltlicher, ja sogar sehr weltlicher junger Mädchen vor dem Fernseher zusammendrängte. Junge Gören. Gewaschen und ungeschminkt sahen sie gar nicht nach Strichmädchen aus. Sie hatten Zeit, zurückzugehen und schnell zu altern, sie hatten aber auch Zeit, mit der Prostitution aufzuhören. Diese Zeit gab ihnen Schwester Angela.

Die füllige Nonne thronte in ihrem vollgestellten Arbeitszimmer und betrachtete Grimassen ziehend etliche Papiere.

»Ich bin auf einen Tee vorbeigekommen«, sagte Anna.

»Ich packe noch Kuchen obendrauf, wenn du länger bleibst.« Angela schob mit einem Seufzer die Schnellhefter beiseite. Jeder Grund ist gut genug, eine Arbeit beiseite zu legen, die man nicht mag.

»Ich will dich nicht stören.«

»Die Mädels sitzen brav vorm Fernseher. Sie warten auf die Wiederholung von *Kriminaldauerdienst.*

Annas Mundwinkel hoben sich leicht. Na so was, die Welt steht Kopf! Prosituierte, die sich vom Anblick polnischer Polizisten faszinieren lassen.

»Rate mal, wen sie am meisten mögen?«

»Zakościelny? Ich meine natürlich Kommissar-Anwärter Marek Brodecki?«

»Nein. Die Kleine mit den Zöpfchen. Sie mag Süßigkeiten sehr … Und sie ist verschlossen. Und du?«

»Was ich?«

Eine unbestimmte Geste mit der fülligen Hand.

»Ich seh mir das nicht an.«

»Solltest du aber.«

»Damit es mir hinterher leid tut, dass ich Polizistin geworden bin und nicht Schauspielerin? Okay, ich mag Karolak.«

Die Nonne schaltete den elektrischen Wasserkocher an, der auf dem Fensterbrett stand. Ein Geschenk von irgendjemandem. Bis vor kurzem hatte dort noch ein Fayencebecher mit einem ungarischen Tauchsieder gestanden.

»Du hast keine Lust auf ein Schwätzchen, worum geht es also?«

Anna ließ sich auf dem Stuhl nieder, der wie für einen Antragsteller dort stand.

»Ich komme nicht zurecht.«

Sie erzählte Angela alles.

»Ich habe einen straffen Hintern«, fuhr sie fort, »aber das heißt doch nicht, dass ich bei jedem Schritt überprüfen muss, wie straff der ist.«

Die Nonne knabberte wie ein Eichhörnchen mit den Schneidezähnen an einem Plätzchen.

»Segne das Leben in seiner Gänze«, zitierte sie.

»Dein Chef?«

»Nee. Dostojewski.«

»Dass ihr so was lesen dürft ...«

Schwester Angela begann zu lachen. Sie zog ein Buch unter dem Schreibtisch hervor. Es war italienisch.

»Mein Gefährte ist die Dunkelheit.«

»Dostojewski?«

»Mutter Teresa.«

»Die aus Kalkutta?«

»Ja.«

»Na, da habe ich auf der ganzen Linie verschissen.« Anna klopfte sich mit den Händen auf die Schenkel.

»Benimm dich nicht wie'n Kerl. Nicht hier. Uns genügt einer.« Mit leichtem Lächeln blickte sie vielsagend auf das

Kruzifix an der Wand. »Na also, Kopf hoch. Der Himmel sieht aus wie ein leerer Ort.«

»Was?«

»Der Himmel sieht aus wie ein leerer Ort. Manchmal. Für jeden von uns.«

»Und was dann?«

»Bleibt die Erde. Stromrechnungen, Probleme mit den Kindern, ein kaltes Zimmer. Besonders dann, wenn man mit Strom heizt ...«

»Was willst du mir damit sagen, Schwester?«

»Das, was der Chef zu Teresa von Kalkutta gesagt hat: »Dein Schmerz tut mir weh.«

»Nein. Ich habe keine Angst.«

Die Nonne fiel ihr fast ins Wort.

»Kauf dem Kleinen einen Hund. Und verabrede dich mit Szelig.«

»Um Gottes Willen!«

»›Gott zum Gruße‹, und ich antworte dir darauf: Jetzt und immerdar. Noch ein Plätzchen? Bessere hatten sie auch in Jerusalem nicht.«

»Wie viel fehlt dir noch für diese Rechnung?«

»Der Frühling kommt bald. Und ich habe mich schon so an meinen Tee vom Fensterbrett gewöhnt.«

Das Lachen der beiden Frauen klang seltsam an diesem Ort.

Sie kam nach Hause und schaltete im leeren Schlafzimmer das Licht an. Kuba schlief wohl schon – eingeschnappt und leise wie eine Maus unterm Kehrbesen. Sollte sie der Maus einen Hund kaufen?

Ihre Gestalt spiegelte sich in Umrissen in der Fensterscheibe. In den Häusern auf der gegenüberliegenden Seite blinkte das bläuliche Licht der Fernseher. Die Weihnachtsbäume waren schon verschwunden, vielleicht hatte sich eine Fichtennadel in den Teppich gebohrt und Brokatkrümel von einer zerbrochenen Christbaumkugel waren in die Ritzen zwischen den Dielenbrettern gerutscht? Nein, heutzutage legte man ja Paneele, und die passten nahtlos aneinander.

Wenn sie das Licht ausmachte, könnte sie ungehindert beobachten, wie die Fassade des Nachbarblocks immer dunkler wurde. Mit Ausnahme eines Fensters, in dem es Nacht für Nacht hell war bis zum Morgengrauen. Der Mitarbeiter einer Werbeagentur, der unter Schlaflosigkeit litt? Vielleicht auch ein weiterer Cop in einem seltsamen Zustand, dem die Müdigkeit den Schlaf verjagte? Warum dachte sie, dass es ein Mann sei? Weil eine Frau früh aufstehen musste und stark genug sein, den Kinder Schulbrote zu schmieren und die Waschmaschine zu füllen? Annas Vater hatte ihr großartige Schulbrote gemacht, sie allerdings unmöglich eingepackt. In Schreibmaschinenpapier, das er heimlich aus dem Kommissariat hatte mitgehen lassen. Möglich, dass dieses Papier nach Pulver gerochen hatte oder nach Waffenfett. Die Erinnerung, mit jedem Gedankengang daran ist sie anders, stellt uns Fallen. Der heutige Tag war auch eine Erinnerung, und deshalb löschte Anna nicht das Licht.

»Die Nacht, die Nacht ist voller Qualen.

Qualen,

Qualen.«

Die Stimme von Kasia Nosowska erhob sich wie aus einem Kirchenchor. Besänftigte. Asche und Weihrauch.

Gut möglich, dass sie Kuba einen Hund kaufen würde. Schließlich hatte sie selber immer einen haben wollen …

24.

Ein Rettungswagen fuhr mit heulender Sirene an den Fenstern des Kommissariats vorbei. Anna schenkte ihm keinerlei Beachtung. Sie aß ein Kuchenbrötchen zum Frühstück, und der abblätternde Zuckerguss rieselte auf die Zeitung.

»Guten Appetit«, wünschte Pietrzak.

Na, sieh mal einer an, noch so eine Heimsuchung … Die diskrete Fürsorge der Kollegen begann ihr allmählich auf den Wecker zu gehen.

»Hast du die heutige Tageszeitung schon gelesen?«

»Wollen Sie sie haben?«

»Ich habe nur einen Blick hineinwerfen können. Meine Frau hat sie mir aus der Hand genommen.«

Pietrzaks Frau blätterte gerne die Todesanzeigen durch. Besonderes Vergnügen bereitete ihr die Wochenendausgabe, in der die Todesanzeigen in trauter Nachbarschaft zu den Fotos der Neugeborenen der Woche standen. Man hätte förmlich schreien können: So ist das Leben! Polizisten waren schon seltsam, und ihre Familien brachen entweder auseinander oder verwandelten sich in die *Addams Family*.

»Im Ozeanarium in der Blue City ist ein Riffhai geschlüpft. Erst drei Tage alt und schon auf Jagd.«

»Na toll. Flinker Bursche.«

»Hier steht nicht, ob es ein Männchen ist oder ein Weibchen. Musst du schon selber überprüfen.«

»Und worauf setzen Sie, Chef?«

»Das möchte ich lieber nicht sagen. Kommst du klar?«

»Solange ich keinen Riffhai in meiner Wanne habe … und keinen Karpfen.«

»Es gibt eine Theorie«, Pietrzak suchte seine nicht vorhandenen Haare, »dass sich Psychopathen wie Haie verhalten. Ein Hai muss unaufhörlich schwimmen, sonst stirbt er. So ist er gebaut. Ein Psychopath …«

»Wieńkowski ist kein Psychopath.«

»Möglich … Für den Fall, dass du reden möchtest oder …«

Anna raschelte mit der Zeitung. Sie titelte: »Räuber von Geburt an«.

»Chef, warum hat dieser Riffhai Pranken?«

»Optische Täuschung. Das sind Flossen, Kindchen. Das müssen Flossen sein.«

»Hoffentlich …«

»Ein Hai ist geschlüpft.«

»Räuber von Geburt an.«

»Drei Tage ist er erst und jagt jetzt schon Fische.«

Ich brauche frische Luft, dachte Anna. Ich muss raus und meinen Kopf durchlüften. Sie nahm die Zigarettenschachtel von ihrem übervollen Schreibtisch. Die Zeitung rutschte dabei in den überquellenden Papierkorb. Was war bloß los, kamen die Putzfrauen nicht mehr? Sie hatte ganz vergessen, dass sie beide Schlüssel (ihren eigenen und den Ersatzschlüssel) in ihrer Jackentasche mit sich herumtrug. Sie stieg in den Fiat Uno und fuhr in Richtung Okęcie. Anschließend noch weiter. Über das Ortsschild »Warszawa« hinaus. Hinter das Tierheim von Palucho. Heute noch nicht – sie hatte Angst vor diesem Besuch. Waisen sind wie verloren, wie Hunde, die man ausgesetzt hat. Nur weniger laut. Das Gebell oder die Worte »Nimm mich mit; ich will auch ganz lieb sein«: Schwer zu sagen, was einem heftiger im Kopf herumschwirrte. Und die Einbußen, diese permanenten Einbußen, hier wie dort.

Kinderheim, Waisenhaus. Immer am Rande. Hinter der Wegbiegung. Sie hatte solche Kinder gesehen, als sie noch klein war, als sie selber noch Mutter und Vater hatte. In ihrem Wohnviertel war ein Kinderheim eingerichtet worden. Eigentlich hatte man nur ein Ferienhaus aus der Vorkriegszeit mit Waisen vollgestopft. Nach dem Krieg stand es eingeklemmt zwischen dem Friedhof auf der einen Seite und den Ruinen des Konzentrationslagers Radogoszcz auf der anderen.

Die Kinder gingen zum Gefangenendenkmal auf eine Zigarette, auf eine erbettelte oder »erworbene«. Im Kommunismus wie im Kapitalismus war die Taxe dieselbe: eine Fluppe für eine Gefälligkeit. Szelig sagte, die Teenies von Praga täten heute noch dasselbe. Und das war nicht nur polizei- sondern allgemein bekannt …

Das Kinderheim. Der Ort, wo man sich selbst überlassen war. Unter dem Denkmal von Radogoszcz hielten Fiats, Polonez' und später die ersten, aus Westdeutschland eingeführten Mercedes. Die Kinder hüpften den Fahrern entgegen. Wenn du Mercedes fährst, rauchst du Marlboro. Marlboro statt Sports, himmlischer Genuss.

Anna parkte vor dem Heim, zu dem der Himmel eindeutig keinen Zutritt hatte. Sie blickte sich um: Ruhe und Frieden. Wie in einer aus emotionalem Eis geformten Hölle. Sie sah auf die Uhr: Die Kinder müssten in der Schule sein.

»Wie ich schon sagte …« Die Leiterin des Kinderheims rang die Hände als wäre ihr kalt und zupfte an ihrem Pullover, der ihr von der Schulter gleiten wollte. Sie standen auf der überdachten Veranda. »Sie werden von ihr auch nichts erfahren. Zumindest nichts Näheres. Das ist eine alte Frömmlerin, und sie will ihre Dienstwohnung nicht räumen …« Sie wies auf die doppelstöckige Baracke nebenan.

»Ich möchte mich selbst überzeugen«, sagte Anna.

»Wie Sie wollen.« Man sah, dass sie sich einerseits gern wieder hinter ihren Schreibtisch geflüchtet hätte, andererseits aber keine Lust hatte, die Polizistin weiter vordringen zu lassen. »Sie scheinen nicht ganz zu verstehen. Diese Kinder … Sie sind alle gleich, das eine wie das andere. Es fällt manchmal schwer, eins vom anderen zu unterscheiden. Und an dem Ärger mit ihnen kann man sich die Zähne ausbeißen.«

Vorausgesetzt, man ist so ein Piranha wie du, dachte Anna.

Die andere schien in ihren Gedanken zu lesen.

»Nicht wir liefern sie hier ab. Wir versuchen lediglich, Menschen aus ihnen zu machen. Die Zeiten ändern sich, aber sie werden nicht weniger. Früher waren das fast alles Vollwaisen oder Kinder aus sozial schwachen Familien. Heute? Mama und Papa fahren nach England zum Geldverdienen, und das Kind landet hier bei uns.

Aus dem Fenster der Dienstwohnung von Adele Szafarski guckte der an die Scheibe geklebte Padre Pio. Das Radio war so laut aufgedreht, dass die Bässe durch ihre Resonanz in der heraufgezogenen Jalousie die Übertragung störten, und Anna klopfte so lange, bis auch die letzten Reste ihres Enthusiasmus entschwanden. Sie rutschten unter Null, als sie die Frau in ihrem schmutzigen Hauskittel erblickte.

Graues Haar auf Lockenwicklern. Ein Kreuz auf dem bleichen, hageren Brustbein. Hundert Jahre oder dreihundert.

»Wie geht's denn dem Tobiasz? Hat er Sie geschickt?«

»Nicht besonders.«

»Da sehen Sie mal ...«

»War er mal wieder hier?«

»Seit er erwachsen ist? Nein. Er hat wohl hie und da mal 'ne Karte geschrieben. Der hat keine Zeit. Hat er geheiratet? Hat er Kinder?«

»Geheiratet hat er, ja.«

»Dann kommen auch Kinder. Spielt er noch?«

»Manchmal.«

»Als er klein war, habe ich ihm von Maximilian Kolbe erzählt. Und von Mozart. Mozart hätten Sie mir nicht zugetraut, wie?« Sie lächelte schelmisch. »Aber warum sucht ihn die Polizei?«

»Er ist verschwunden.«

»Oh, mein Gott!«

»Wir finden ihn schon«, sagte Anna rasch. »Wir wissen nicht, ob er verschwunden ist oder ... ob er sich nur vor seinen Problemen versteckt hat. Ich bin gekommen, weil ich dachte, er hätte vielleicht in seiner Kindheit einen Lieblingsplatz gehabt. Vielleicht hat jemand aus der weiteren Verwandtschaft ...«

»Nein. Er war ein einsames Kind. Er kam zu mir, weil ich damals noch das Klavier von meiner Mutter hatte. Zuerst wusste er überhaupt nicht, was er damit anfangen sollte. Erst später ...«

»Haben Sie ihn unterrichtet?«

»So'n bisschen Hausmusik. Dann hat er es in die Musikschule geschafft. Es gab ein bisschen Aufregung deswegen. Ein Kind aus'm Waisenhaus ... Wir mussten erst einen

Brief schreiben. Aber als es dann Stipendien gab, ging alles klar.«

»Hat er etwas über den Unfall gesagt?«

»Ach, woher denn. Da war er doch viel zu klein. Er hat ihn überlebt, ist unter den Sitz gerutscht. Dann ist er hierher gekommen, und es ging für ihn von vorne los.«

»Haben ihn die Ärzte untersucht?«

»Haben sie. Und uns geholfen. Ein sensibler Junge war das. Der hat mehr Bettwäsche gebraucht als die restliche Gruppe.«

»Hat er sich nur dadurch von den andern unterschieden?«

»Er hat sich überhaupt nicht unterschieden, wenn er nicht wollte.«

»Woher stammt dann …«

»Mein Interesse an ihm? Gottes Fügung.«

Die Leiterin hatte Recht behalten, verdammt noch mal.

»Musik hat ihn angezogen. Das hat mich gewundert. Denn er war … taub für andere Leute. »Ich muss das einholen, was ich verloren habe«, hat er erklärt. Und irgendwann nach der Religionsstunde hat er festgestellt, wenn die Zeit dazu reif ist, wird er die Menschen lieben. Das hat er mir versprochen. Nun, wo er Frau und Kinder hat, ist es ihm wohl geglückt.«

Den Teufel ist es ihm geglückt …

»Ein tüchtiger Junge. Die schlimmen Seiten des Lebens hat er überhaupt nicht wahrgenommen. Das ist nicht einfach, wenn man eine Waise ist.«

Taub für die Menschen, taub für das Böse. Kolbe, Mozart, Pio. Unglaublich. Tobiasz hatte existiert, als sei er gar nicht vorhanden gewesen.

Eine Null plus ein nasses Betttuch.

25.

In Gedanken erzählt er sich Witze – das ist besser, als vor sich hin zu summen. Er macht sich nicht vor, je wieder in die Konzertsäle zurückzukehren, so wie er auch nicht in den warmen Bauch der Mutter zurückkriechen kann. Ein Paria! Das Einzige, das er aufsuchen möchte, ist das Kasino. Die Eisdiele gleich neben dem Kino Moskau, das zwei steinerne Löwen bewachen. Das Haus von Anna Hwierut. Die warmen Schenkel der Frau. Nach alldem sehnt er sich, und all das hasst er. Oder es kommt ihm nur so vor. Er ist taub geworden gegen die Musik und gegen seine eigenen Gedanken. Ein Paria! Wie hatten sie ihm das antun können?! Die Verhaftung war der größte Schock seines Lebens. Alle hatten ihn so sehr beneidet, wie er sie früher beneidet hatte. Es klang fast biblisch.

Strategisch versteckte er sich in einem Torweg. Er schwitzte ein wenig. Und er hatte klebrige Finger. Das letzte Mal hatte er so geschwitzt und sich in einem Torweg verborgen, als er auf der Nowy Świat einen seiner Professoren bemerkte: Einen Musiklehrer, von dem eine vielköpfige Fama kündete, er sei zwiefach gepolt, ertränke seine Depression in Alkohol und schlüge während seiner manischen Schübe jeder hübscheren Studentin am Konservatorium mit einem Lineal auf die Finger. Wieńkowski überlegte, ob er »ertränken in Alkohol« oder nur »ertränken« gedacht hatte. Zurückspulen, das Band in seinem Kopf zurückspulen! Er hatte sich in ein Seitengässchen der Nowy Świat verkrochen und seinen früheren Professor beobachtet, wie der in den Lumpen eines Clochards in Abfallkörben gewühlt hatte. Er würde nie wieder in die Konzertsäle zurückkehren … Ein Paria. Alles Parias!

»Was sagt der Boxtrainer vor der letzten Runde? Verkloppe den in den kurzen Hosen, der in den langen ist der Kampfrichter.«

Scheiße. »Du bleibst immer unser Sohn«, hatten die Schwiegereltern gesagt. Sie waren gerührt von den weißen Rosen für Klaudia. Die Prinzessin lebt, sie schlummert nur. Scheiße. Er versuchte, dem Wort eine andere Note zu geben. Er hatte nie Eltern gehabt. Er brauchte keine. Eine Schwester hatte er haben wollen. Tobiasz und Klaudia, das Ehepaar, Tobiasz und Klaudia – das Geschwisterpaar. Er wusste, weshalb er die weißen Blumen gekauft hatte. Er konnte keine Schwester haben. Niemanden. Scheiße, also. Der Paria!

Er stand gegenüber dem Haus von Klaudias Eltern. Stand da und überlegte, ob er ihnen nicht einen Besuch abstatten sollte. Sie hatten ein altersschwaches Klavier, heißen Tee und Blut in den Adern. Er könnte sie ein wenig zur Ader lassen. Dafür, dass sie ihm andauernd etwas fortnahmen, was ihm gehörte.

Den Brief hatte ihm sein Verteidiger gezeigt. Der Anwalt war verrotzt und ekelte sich vor seinem Klienten. Und Wieńkowski ekelte sich seinerseits vor ihm. Ein großartiges Tandem. Ganz wie der Professor und sein Schüler. Parias. Hier, für den Paria? Pa, pa, pa. In diesem vermaledeiten Brief hatten sich die Worte in Eis verwandelt:

»Hohes Gericht,

alle Formalitäten zum Begräbnis unserer Tochter hat ihr Ehemann, Tobiasz W., erledigt, der auf diese Weise Verfügungsgewalt über das Grab erlangt hat.

Hohes Gericht,

wir können und wollen uns nicht vorstellen, dass Tobiasz W. jemals mit dem Opfer seines makabren Mordes im selben Grab bestattet werden sollte.«

Ihm war kalt.

»Vor Licht und Feuchtigkeit schützen.«

Aber er wird ihnen nichts tun. Kurz vor ihm, aber auf der gegenüberliegenden Straßenseite hält ein Fiat Uno, den er kennt. Wieńkowski zieht sich zurück, zurück in Feuchtigkeit und Dunkel des Tores. Die Kälte nimmt ihn auf.

Kälte ergreift ihn, als er sieht, dass neben seinen »Bekannten« Hwierut und Szelig auch »Sie« sich zu einem Besuch aufgemacht hat. Sie, die ihren Hass erklärt hat.

Die Schwarzhaarige. Ein dicker, schlammfarbener Kunstpelz (glaubt sie etwa, im Schlamm könne man gehen?) sitzt straff um ihren Körper, den er so gut kennt. Ein Körper mit festen Rippen wie Klaviertasten und Wirbeln, die man erspüren kann.

Ihm ist kalt! Dem Paria! Er könnte ihr den Pelz herunterreißen und sich darin einwickeln. Ha! Er würde ihr die Haut herunterreißen, die überflüssigen Knochen fortwerfen und sich darin einhüllen wie in einen heißen Overall.

Das Innere einer Frau hält warm.

Sinnlos, hier herumzustehen. Es gibt kein Zurück. Das einzige, was er in der Situation tun kann, ist, sie zu beschleunigen. Und aus dem Schatten zu rennen.

26.

»Anstatt diesen Irren zu suchen, kommt ihr hierher und klagt uns an?! Bullenschweine!«, schnaubte Klaudia Wieńkowskis Vater verächtlich. Moment, wie hieß der doch gleich? Anna hatte ihn noch gut in Erinnerung. Sie hatte die Aussage dieses dicken Kerls mit den geröteten Lidern aufgenommen. Hoff, richtig. Jetzt war Stefan Hoff nicht mehr dick. Dafür hatte er bleiche Tränensäcke unter den Augen, die aussahen, als wären sie aus zerknittertem Papier ausgeschnitten und aufgeklebt. Eine Operation am lebenden Organismus.

»Wir sprechen hier von Zurückhalten von relevanten Informationen für die Ermittlung«, sagte Anna.

Szelig schüttelte es, als die sich in die Ecke eines Fernsehsessels verkriechende Mutter von Klaudia aufhörte, in ihr Taschentuch zu schluchzen, aufsprang und schrie:

»In unserer Familie wird kein Schmutz öffentlich gewaschen!« Anschließend sagte sie mit einem entsetzlichen Lachen zu ihrem Mann: »Das ist alles deine Schuld.«

»Hör auf!«

»Alles, sogar der Tod meines einzigen Kindes.«

»Bitte, beruhigen Sie sich.« Szelig verharrte bei ihrem Sessel. Er machte Anna ein Zeichen, sie solle Hoff in die Küche führen. Die Küche sah aus wie aus einem Möbelkatalog.

Lediglich ein flüchtiger, unangenehmer Geruch suggierte, dass der Mülleimer seit längerem nicht geleert worden war.

»Klaudia war zwei Jahre alt. Ihre Mutter war dauernd um sie herum. Was soll ich sagen … Ein Mann hat nun mal seine Bedürfnisse. Ich hatte eine Romanze mit der Sekretärin in meiner Baufirma. Das Mädchen wurde schwanger, sie war noch sehr jung, ich habe ihr Geld gegeben … Aber sie sagte, sie täte das, was sie für richtig hielte. So wurde Joanna geboren. Sie trug meinen Namen … Ich habe selber dafür gesorgt. Nur, als dann die ganze Sache ans Licht kam, hätte mich meine Frau fast erschlagen. Ich habe ihr versprochen …

»Sich nie wieder mit der Kindsmutter oder dem Kind in Verbindung zu setzen?«

»Mit der Mutter wollte ich selber keinen Kontakt mehr. Aber Joasia hat mich schließlich von sich aus gefunden. In der Arbeit. Sie verkehrte in nicht ganz einwandfreien Kreisen, studierte nicht, Alimente musste ich nicht zahlen … Aber ich habe ihr die Wohnung überschrieben, die ich von einer Tante geerbt hatte. Das alte Frauchen war gestorben, und so ergab sich die Gelegenheit.«

»Hat ihre Frau sich wieder beruhigt?«

»Die Zeit heilt Wunden«, sagte er banal und zugleich philosophisch.

»Kannte Klaudia Joanna?«

»Sie haben sich ein paarmal gesehen. Schließlich waren sie Schwestern. Ehrlich gesagt, ich habe mich gewundert, dass Joanna bei der Hochzeit dabei war … Und auch auf der Hochzeitsfeier, vielleicht sind dieser Wieńkowski und sie ja Kumpel gewesen? Ihr Freund dient im Irak. Sie war schwanger und ist zu ihrer Schwiegermutter gezogen. Da wohnt sie noch immer, aber das Kind ist nicht dort.«

Und Hamlet hat auch keinen Monolog.

Anna rief das dunkelhaarige Mädchen herein, das im Korridor wartete. Die Haare endeten kurz über den Ohren, Kunstpelz, spitze Stiefel. Sie war dünn.

»Ist das Ihre Tochter?«

»Hallo, Papa.«

Hoff hob theatralisch seine Hände über den Kopf, als wolle er mit dieser Geste herausschreien: »Was wollen sie denn nun schon wieder von mir!«

»Das ist meine Tochter. Joasia Hoff. Sie können es beim Standesamt überprüfen.«

»Joanna hat sich selbst bei uns gemeldet, nachdem wir den Steckbrief ihres Schwagers veröffentlicht haben.«

»Warum hast du das gemacht? Und auf Klaudias Beerdigung warst du nicht. Bei der eigenen Schwester?«

»Ich war da. Ich habe im Hintergrund gestanden.«

»Und weshalb? Auf ihrer Hochzeit haben alle gehört, wie du mit deinen Absätzen geklappert hast.«

Anna schob sich diskret zwischen Vater und Tochter. Sie wusste im Gegensatz zu den beiden, was sich gehörte.

»Du verstehst nicht, Papa. Es geht darum, dass Wieńkowski gut und gerne in meiner alten Wohnung sein kann.«

»Woher sollte der denn wissen, dass du überhaupt eine hast? Nicht mal Klaudia hat davon gewusst.«

Anna hob die Brauen.

»Weil ich ihn selber mal dorthin mitgenommen habe. Ich und Tobiasz ...«

Schreie und Flüche. Bis zur wohltuenden Entladung.

»Wir brauchen eine genaue Beschreibung dieser Wohnung. Und natürlich die Schlüssel.«

»Der Schlüssel liegt dort, über dem Türrahmen versteckt. Vorausgesetzt, er ist noch da …« Das Mädchen bat um ein Blatt Papier und etwas zum Schreiben.

Anna reichte ihr Notizbuch und Füller. Sie sah zu, wie die andere etwas hineinkritzelte.

»Danke.«

»Keine Ursache.«

»Können wir dich irgendwo absetzen?«

»Ich komme schon klar.«

Daran zweifle ich nicht, dachte Anna. Das Mädchen tippte auf ihrem iPod herum. Bevor sie sich trennten, erklang schon Musik.

Nosowska. Natürlich. Wie könnte es auch anders sein.

» … unter der Schicht aus Terrazzo …«

» … unter der Schicht aus Terrazzo …«

» … unter der Schicht aus Terrazzo …«

Sie ging zum Wagen, aber die Musik hatte sich an ihre Kleider geheftet.

27.

Der Fiat Uno fuhr über die Kreuzung zwischen Marszałkowska und Aleje Jerozolimskie. Szelig saß auf dem Beifahrersitz und spielte den Fremdenführer. Den Touri-Führer, nicht den Herdenführer. Es juckte sie, ihn nach seiner Lizenz zu fragen.

»Genau hier stand ›Polizistin Lodzia‹ und regelte den Verkehr.«

Anna räusperte sich, und Szelig lächelte.

»Eine waschechte Schizophrene. Aber sie hatte sich immerhin eine Uniformjacke und eine Kelle organisiert. Die Leute von der Miliz waren fuchsteufelswild auf sie. Die Autofahrer mochten sie, weil sie nett war.«

»Und was ist dann mit ihr passiert?«

»Eines schönen Tages war sie ganz einfach verschwunden.«

Ob er wohl über die Explosion der Rotunde genauso gut erzählen konnte? Wojtek, der eingefleischte Warschauer, ein Kind dieser geschlossenen Stadt, eine Rosine im Kuchen der Zugereisten. Eine Rosine, aber kein Einhorn. Seine Familie war mit den Bauleuten für den Kulturpalast nach Warschau gekommen. »Einhörner« waren jene Warschauer, deren Wurzeln in jene Zeiten zurückreichten, in denen die Handlung von Bolesław Prus' *Puppe* spielte.

Eine seltsame Stadt, mickrig in ihrem legendären Schatten. Einer von Annas Kollegen, der auch für kurze Zeit ihr Liebhaber gewesen war, saß gern auf den Stufen des internationalen Buchladens Empik in der Nowy-Świat-Straße. Dann starrte er auf die Palme, die Joanna Rajkowska mitten im Kreisel installiert hatte, und auf das Gebäude der Presseagentur PAP. Wenn er genug hatte vom Schauen, schloss er die Augen und versuchte, die unterschiedlichen Automarken am Motorengeräusch zu erkennen. Er sog den Lärm ein und war glücklich. Er war aus einem kleinen Örtchen in den Masuren in die Hauptstadt aufgebrochen und fühlte sich wie ein Held. Anna verstand ihn. Den Einsamen tat die Einsamkeit in Warschau weniger weh.

»Wir sind zum Zegrzyński-See gefahren, weil wir das ›Scheusal‹ suchen wollten.« Wojtek war immer noch bei seinen Legenden über die Stadt.

»Das ›Scheusal‹?«

»So eine polnische Spielart des Ungeheuers von Loch Ness?«

»So was wie ›Polo-Cocta‹ statt Coca-Cola?«

»Schon. Vielleicht würdest du ja deinen Jungen gerne mal mit zum See nehmen?«

»Der hat schon genug Ungeheuer in seinem Computer. Außerdem hat er geschworen, bis zu meiner Menopause nicht mehr mit mir zu reden.« Sie stieg auf die Bremse, weil irgend so ein Idiot sich knapp vor ihnen dazwischenquetschte. Die Autos fuhren in gefährlich kurzen Abständen.

»Vielleicht könnte ihn der Großvater ermuntern?«

»Mit dem habe ich mich gestritten.« Sie dachte wieder an das nächtliche Telefongespräch. Ihren nächtlichen Vortrag über mangelnde Verantwortung, scharfe Klingen und

Machogehabe. Sie war nicht laut geworden. Aber als sie später wieder anrief (sie war sich nicht sicher, ob sie sich entschuldigen oder ihn richtig anschreien wollte), war ihr Vater bereits betrunken.

Szelig seufzte.

»Ja, möchtest du denn nicht, dass der Großvater auf Kuba seinen ›männlichen Einfluss‹ ausübt?«

»Nennst du das ›männlichen Einfluss‹, wenn er dem Jungen einen rasiermesserscharfen Kosakendolch schenkt?«

»Anka, du hattest doch Befürchtungen, dass Kuba irgendwann anfängt mit Puppen zu spielen und sich zu einem Schwuli auswächst.«

»Ich hab nichts gegen Schwule ...«

» ...solange es nicht meine Söhne sind. O Vaterland!«, ergänzte Szelig eilfertig und feierlich. »Lässt Kubas Vater immer noch nichts von sich hören?«

»Nein.« Sie drückte unnötig auf die Hupe. »Und weißt du was, ich möchte, dass das auch so bleibt.«

Szelig legte kichernd mit einer schützenden Geste die Hände über seine Eier.

Sie waren auf der Suche nach Tobiasz Wieńkowski.

Sie bogen in die Żelazna-Straße ein und parkten gleich nach der Einbiegung. Sie gingen zu Fuß weiter. Szelig sah nach den Hausnummern und deutete schließlich auf ein heruntergekommenes Haus.

»Hier ist es.« Er kratzte sich am Kopf. »Das ist nicht unser Revier. Wir müssen jemand aus dem Zuständigkeitsbereich verständigen.« Sie stimmte kopfnickend zu, aber sie sagte: »Wir könnten uns doch zuerst mal umsehen.«

»Nachschauen, ob er zu Hause ist«, setzte Szelig flink hinzu.

»Ja, zu Hause«, echote Anna. »Und wenn er's nicht ist?«

»Lass uns gleich klingeln.«

»Ja ...«

»Ich habe den Eindruck, du willst ihn alleine fangen.«

Sie lächelte, als sie diese Worte aus seinem Munde hörte.

»Ich bin mir sicher.«

»Wessen sicher?«

»Dass ich ihn alleine fangen will, aber ich weiß nicht, warum.«

»Dann lass uns raufgehen und uns überzeugen.«

Sie stiegen die nach Katzenpisse stinkende Treppe hinauf. Die hölzernen, an den Rändern mit Metallbändern eingefassten Stufen knarzten unter ihren Schuhen. Die Türklingel war ebenfalls verrottet – uraltes Bakelit, das ein ungeduldiger Gast mit einer Streichholzflamme angekokelt hatte. Sie klang wie ein Gong, rief aber nicht mal einen Geist hervor.

»Er ist nicht da.«

»Oder er war nie da.«

»Das ist ein guter Schlupfwinkel. Zwar nur für kurze Zeit, aber gut.« Wojtek Szelig stellte sich auf die Zehenspitzen und begann die obere Türfüllung abzutasten. Der Schlüssel geriet ihm von selbst in die Finger.

»Und was nun?« Er zeigte ihn Anna.

Noch bevor sie antworten konnte, öffnete sich die Tür auf der gegenüberliegenden Seite des Korridors einen Spalt breit. In der Dämmerung sahen sie ein Kind, das mit dem Kopf knapp bis an die Klinke reichte.

»Da is' keiner zu Hause«, sagte es.

»Danke, und nun verschwinde.« Szelig machte einen Schritt in seine Richtung. Die Tür schloss sich zwar, aber das Schloss rastete nicht ein. Der Kleine guckte zu.

»Mach die Tür zu, sag ich.«

Kein Ergebnis.

»Wir sind überhaupt nicht da«, brummte Anna und streckte die Hand nach dem Schlüssel aus.

»Wenn ihr mir'n Fünfer gebt, hab ich nichts gesehen.«

Szelig schüttelte den Kopf in stummer Bewunderung und griff nach seiner Geldbörse.

»Bleib drin. Und Ruhe. Du hast nichts gesehen.«

»Ist gut, mein Herr.« Diesmal schloss sich die Tür ganz.

»Braves Kind«, stellte Szelig fest.

»Sicher. Und du hast das Zeug zum Erzieher. Du solltest mal über eigene Kinder nachdenken.«

Sie staunten beim Anblick des makellosen, zu einem Art-déco-Mosaik gelegten Parketts. Es war wunderschön. Aber das war auch das Einzige. Alles Übrige war so, wie sie es erwartet hatten: Wandfarbe, die Blasen schlug und Schimmelpilz an der Decke. Ein kalter Ofen in einem kahlen Zimmer.

Es roch wie in einem Secondhand-Shop. Auf dem Sofa weder Kissen, noch Decken. Dafür ein paar alte Mäntel und ein paar Mützen. Auf dem Tisch lag ein halbes Brot auf einer Zeitung. Wojtek Szelig berührte es mit einem Finger, dann drückte er fester mit dem Daumen hinein:

»Es ist noch weich. Und das ›verbesserte‹ Brot heutzutage hält einen Tag länger ...«

Anna nickte.

»Er war hier.«

Nachdenklich tupfte sie mit der Fingerspitze auf die Brotkrümel. Szelig sah sich im Raum um.

»Ich rufe die vom Zuständigkeitsbereich an, und wir bilden einen Kessel.«

»Hhmm.«

»Anka, du fährst besser nach Hause und schläfst dich mal richtig aus.«

»Der kommt nicht mehr hierher zurück«, sagte sie leise.

»Soll ich dir auch einen Fünfer in die Hand drücken?«

»Bitte, für 'ne Zigarette. Für eine einzige Zigarette.«

28.

Das wird nie der Vergangenheit angehören.

Sie ist müde von der Arbeit, und im Mund hat sie den bitteren Nachgeschmack von zu viel Kaffee. Schade, dass die Sünde nicht so bitter schmeckt, dann wäre sie als Polizistin nämlich keinem mehr vonnöten. Dann könnte sie sogar diese legendären gebrannten Mandeln auf der Nowy Świat verkaufen.

Der Aufzug trödelt vor sich hin, und Anna könnte jetzt in diesem engen Käfig keinen weiteren Nachbarn ertragen. Zum Glück ist niemand da. Sie schaut in den Spiegel in der Kabine. Das bin ich, denkt sie, so sehe ich jetzt aus. Aber sie erlaubt sich kein Urteil über das, was sie sieht.

Auf ihrem Stockwerk ist es dunkel, da hat schon wieder einer die Birne geklaut. Oder sie ist durchgeschmort. Die Lampe ist genau über ihrer Tür, also erwarten die Nachbarn automatisch, dass sie eine neue Birne reinschraubt. Verdammt noch mal, hier gibt's ja nicht mal einen Müllschlucker, wie es sich's gehört, mit einer Trennscheibe aus Glas, die wenigstens ein bisschen Licht durchlassen würde – da ist nur dieser eiserne Kasten in der Wand. Andauernd blockiert von großen Plastikflaschen.

Sie steht vor ihrer Wohnung. Den Schlüssel trägt sie an einer Leine in der Hosentasche – Klingeln macht keinen

Sinn, der verbarrikadierte Kuba verlässt seinen Zufluchtsort nicht. Es sei denn, es bräche ein Feuer aus. Sie tastet herum, versucht, das Schloss zu lokalisieren und trifft schließlich mit dem Schlüssel ins Schwarze.

In der Diele brennt Licht. Nasse Fußstapfen führen vom Bad zum Zimmer ihres Sohnes. Wie gut, dass sie kein Parkett haben …

Sie denkt noch an den Fußboden, als ein Gewicht auf ihren Rücken fällt. Polizisteninstinkt: Die Waffe ziehen, aber sie hat gar keine Waffe bei sich! Opferinstinkt: Sie will schreien, aber eine Hand hält ihr den Mund zu. Eine Hand mit großen Fingern. Eigentlich weiß sie gar nicht, welcher Gedanke ihr zuerst kam, die Waffe zu ziehen oder zu schreien. Fühlt sie sich wehrlos oder wütend?

Lieber Gott, ich danke dir, dass Kuba sich in seinem Zimmer eingeschlossen hat. Wenn ihn der Lärm aber nun herauslockt?

Mit einem plötzlichen Ruck versucht Anna, von ihrem Angreifer freizukommen und versetzt ihm einen Stoß mit dem Ellenbogen. Der Mann ist größer als sie gedacht hatte, und sie verfehlt seinen Schritt. Aber sie ist frei.

»Kuba, nicht rauskommen!!!«, brüllt sie und wirft sich nach vorn. Sie ist sich sicher, dass sie klarkommt. Sie wirft die Vase von der Kommode. Die getrockneten Blumen rutschen heraus und fallen übereinander, wie Mikado-Stäbchen zu Beginn des Spiels. Porzellan zerbricht … Das Messer ist nicht da.

Also hat Kuba es doch gefunden.

Sie dreht sich um und kriegt einen Faustschlag direkt aufs Zwerchfell. Tobiasz Wieńkowski setzt nach und schlägt jetzt abwechselnd mit beiden Fäusten auf sie ein, seine Angst, gemischt mit Erregung, verleiht ihm Kraft und Schnelligkeit.

Während Anna versucht, wieder zu Atem zu kommen, hat Wieńkowski schon das Haustelefon aus seiner Wandverankerung gerissen.

Das Skelett an der Tür weist das Zimmer eindeutig als das ihres Jungen aus. Anna trägt keinen Ehering. Tote Gegenstände sagen so vieles über uns aus. Taub werden könnte man vom Geschrei dieser Dinge.

»Auch nur einen Mucks, und ich bring dich um. Und dann nehme ich mir deinen kleinen Scheißer vor«, sagt er schnell und ein bisschen undeutlich. »Dasselbe gilt auch für dich«, schleudert er dem Pappskelett entgegen, »wenn du brüllst, ist es aus mit deiner Mutter.«

Von der Lage des Wohnblocks weiß Wieńkowski, dass diese Wohnung keinen Balkon hat. Man kann nicht zu den Nachbarn gelangen. Krach schlagen? In den Selbstverteidigungskursen bringen sie dir bei, schrei: »Feuer, es brennt!«. Wenn der zufällige Zeuge sich nicht bedroht fühlt, hilft er dem Opfer nicht.

»Komm raus, du Scheißer«, ruft er dem Skelett zu. Und zu Anna: »Zieh dich aus!«

»Tu meiner Mama nicht weh!«

»Hängt alles von dir ab«, ruft Tobiasz in den Raum.

Der entsprechende Adressat findet sich von ganz allein.

Anna denkt nicht nach, sie beginnt sich auszuziehen. Ihr ist so kalt, als wäre sie unters Eis geraten.

»Weiter ...«

»Mama«, jemand ganz Kleines, der aus Angst mit den Nerven runter ist, zerrt an der Kommode. Haben Kinder

Schmerzen, wenn sie sich durch den Geburtskanal ans Licht zwängen?

»Nicht aufmachen!«, befiehlt Anna verzweifelt.

Wieńkowski lacht.

»Los weiter, mach weiter, du Fotze. Deine Fut. Ich will sie sehen. Du auch, Junge?«, fragt er das Skelett.

Anna zieht den BH aus, zögert, dann streift sie ihr Höschen ab.

Ins Zimmer rennen. Nein, in die Küche rennen. Wozu? Warum in die Küche …

Anna, wo bist du? Weit weg, ganz tief.

»Denkst du, ich will dich ficken?« Wieńkowski zieht einen Schlagring über seine Finger. Er haut das Metall gegen die verbarrikadierte Tür. »Poch, poch, rate mal, Jungchen, was hier so klopft.«

Dann holt er aus und schlägt ihr in den Bauch. Weniger gezielt, er hat keine Erfahrung mit diesem Ding. Aber er trifft sie brutal an der Hüfte.

»Nun hättest du wohl gerne, dass ich dich durchficke.«

Anna tut alles, um nicht zu schreien. Sie hört ein Stöhnen – nicht ihres, den Jungen.

Eine nackte Frau und ein Mann, der sich unvorsichtigerweise aufs Schlagen, auf Rache verlegt hat. Ein totenblasser Junge, dessen Haut noch vom kürzlichen Bad dampft. Und Großvaters Geschenk, fest in seiner Hand.

Das Messer senkt sich, gleitet an der Wirbelsäule des Skeletts entlang, fällt zu Boden.

Der Junge scheuert mit seinen Pobacken über den Boden, wie ein Hund, der Würmer hat, rutscht er zurück.

Der Mann versucht heftig, das Gleichgewicht zu halten, aber Frauenbeine zielen in seine Richtung und treten kräftig zu. Anna stützt sich mit den Händen ab, versucht aufzustehen, aber der Schmerz ist heftig. Sie fällt nach vorn, die Hand mit den mit farblosem Lack überzogenen Fingernägeln tastet auf der Suche nach dem Messer blind umher.

Wenn's sein muss, zerfleische ich diesen Hundesohn wie eine Wölfin. Ich beiße ihn tot wie eine Wolfsmutter. Sie kugelt sich fast die Schulter dabei aus, aber sie erwischt die Waffe.

Sie sticht zu und trifft mit der Klinge in die Nierengegend. Der Mann ist zwar nicht nackt, aber für sie ist er wie durchsichtig. Er sieht aus wie ein anatomisches Exponat. Präzise sticht sie ein zweites und drittes Mal zu. Sie weiß, wohin sie stechen muss – der plötzliche Blutstrom kündigt einen Blutsturz und den Tod dieses Stück Abfalls an, aber Anna braucht keine Ankündigungen mehr.

»Nicht abwarten, sondern schießen«, hört sie die Stimme ihres Vaters. Die Stimme des Großvaters. Und den kindlichen Schrei im dunklen Korridor. Durchdringender als plötzliche Helle.

Ist ja gut. Es ist gut. Anna hört den Aufschrei des Kindes, den sie erwartet hat. Es ist vorbei.

Sie dreht sich auf die Seite. Ruh dich aus. Schlaf. Wir kümmern uns um den Rest. Sie zieht die Beine an den Bauch. Es tut weh, irgendwo, ganz fern tut es weh. Sie ist separat, und der Schmerz ist es auch. Dumpfheit überkommt sie.

29.

Diesmal hatte Pietrzak darauf bestanden, dass sie Urlaub nahm. Und da war auch noch diese Ärztin, die in ihrem sterilen Behandlungszimmer etwas zu Anna sagte, aber ihre Worte drangen nicht zu der Polizistin durch. Die Frau bewegte ihre Lippen wie ein Fisch und später reichte sie Anna über den gepflegten, auf Hochglanz polierten Schreibtisch »Tabletten, um die Stimmung aufzuhellen.« Anna nahm sie mit; sie trug sie wie eine entsicherte Handgranate bis in ihre besudelte Wohnung und warf sie dort ins Klo. Sie rauchte eine Zigarette.

Sie war allein. Kuba war nach Krakau gefahren, nachdem sich die Großeltern einen blutigen Kampf geliefert hatten, wer sich um den Enkel kümmern sollte. Die Zivilpersonen hatten gewonnen. Kuba würde mit einem grünen Plüschdrachen von einem Verkaufsstand am Wawelberg oder mit einem tönernen Trillervögelchen von den Tuchhallen zurückkommen. Falls sie solche Vögelchen überhaupt noch verkauften. Man goss Wasser in sie hinein, und dann verwandelten sie sich in raffinierte Trillerpfeifen ... Wild drauflos pfeifende Händler, reihenweise tönerne Vögelchen, die selbst ein kleiner Christus nicht dazu gebracht hätte, davonzufliegen und der obligatorische Wassereimer. Die beiden Türme der Marienkirche. Der eine niedriger als der andere. Der erste, errichtet vom ermordeten Bruder, der zweite vom Brudermörder. Oder umgekehrt.

So wie sie es erwartet hatte, hatte Szelig nur ein paarmal angerufen und ungeschickt Genesungswünsche übermittelt. Polizist oder nicht, wenn's traurig wurde, haute er ab, wie alle anderen.

Wenn's traurig wurde, hatten Kuba und sie vor langer Zeit aus Stühlen und Decken mitten im Zimmer ein Zelt gebaut. Und sich in seinem Innern versteckt. Die Konstruktion musste wieder verschwinden, bevor der Großvater auftauchte.

Sie überlegte, ob sie nach Otwock fahren und nachsehen sollte, was mit Wilk war. Oder zu Klaudia Wieńkowskis Grab. Du liegst hier so allein … Ich dagegen. Ohne Fragezeichen. Ich. Anna lauschte, wie das Blut in ihrem Inneren pulsierte.

Die Hilfe der Ordensschwestern hatte sie abgelehnt.

Scheinbar zufällig war sie im Kommissariat vorbeigekommen und hatte erfahren, dass jemand Mariolka verprügelt hatte. Ein simpler Überfall am helllichten Tag. Ein Faustschlag ins Gesicht, die Tasche entrissen und Fersengeld gegeben. Die durch die Innenstadt wogende Menschenmenge verschluckte den Dieb.

Das Stadtzentrum war nach neuesten statistischen Untersuchungen gefährlicher geworden als Praga. Sie pfiff darauf. Das war nicht ihr Revier. Polizisten aus der Innenstadt mordeten in Wola ihre eigenen Kinder … Sie hatte ihr Kind gerettet, vielleicht hatte auch das Kind sie gerettet?

»Es kommt der Tag, an dem ich sterbe, dann bleibt mein Sohn ganz allein.«

Die Bestimmungen des Datenschutzgesetzes verletzend und ihren zweifelhaften Opferstatus ausnutzend (zweifelhaft, weil man, statistisch gesehen, häufiger vom Opfer abrückte, als dass man ihm half), hatte sie den Mädchen aus der Buchhaltung Mariolas Adresse entlockt.

»Du willst sie doch nicht etwa besuchen?«, hörte sie.

Bei ihrer Besessenheit in puncto Privatsphäre wäre Mariola wohl nicht mal mit einem Besuch der Sternsinger einverstanden.

»Ich will ihr Blumen schicken.« – Plötzlich war ihr die hingeworfene Visitenkarte wieder in den Sinn gekommen. Die hingeworfene Visitenkarte jener traurigen Frau, die aufs Kommissariat gekommen war, weil sie sich verfolgt fühlte. Die Belästigungen im Portal »Unsere Schulklasse« …

Den Geruch nach Schnittblumen verband sie eher mit Begräbnissen als mit Hochzeiten.

Sie stand vor einer länglichen, futuristischen Vase voller überbordender Teerosen. Ja, musste sie selbst zugeben, die sind schön. Das waren ihre Lieblingsblumen aus der Kinderzeit. Später hatte sie gelesen, dass Josephine diese Sorte nach ihrer Trennung von Napoleon gezüchtet hatte. Traurige Rosen.

»Stellen Sie sie bitte nicht ans Fenster. Blumen wie Menschen mögen keinen Durchzug.« Die Verkäuferin tippte den Betrag in die Kasse ein. Sie war eine hochgewachsene Frau in der Blüte ihrer Jahre mit einem Wust rabenschwarzer Haare, die sie oben auf dem Kopf zu einem Knoten gedreht hatte. Sie trug viel Gold. »Kann ich Ihnen sonst noch behilflich sein?«

»Ja … Ich möchte diese Blumen gerne versenden.«

»Als Gebinde?« – Die Frau nutzte die entstandene Pause. »Vielleicht als Ikebana? Wir haben sehr schöne Kompositionen in Töpfen aus Straußeneiern.«

»Das ist eine großartige Idee.« Dem Snob in Mariolas Inneren würde das gefallen. Anna hoffte nur, dass weder diese, noch andere ihrer Eigenschaften durch den »Unfall« eine Deformierung erlitten. Sie gab die Adresse an.

»Die Blumen werden heute noch geliefert.«

»Ich habe gerade überlegt ... Eine Bekannte von mir hatte auf einer Hochzeit ein herrliches Bukett. Bald bin ich zur nächsten Hochzeit eingeladen, wenn ich es beschreiben könnte, würde es dann wohl möglich sein, genauso eins anzufertigen?«

»Ich kann's versuchen.«

»Ich glaube, meine Bekannte hatte ihre Blumen hier in diesem Laden bestellt. Sie sagte, die Floristin hieße ...«

»Anna Tomczuk«, die Frau streckte ihr die Hand entgegen. »Ich freue mich, dass ich so warm empfohlen wurde.«

Schnittblumen riechen nach Trennung. Sie riechen nach Begräbnis.

In den Pfützen stand das Wasser.

30.

Sie stand vor der Frontseite des Instituts für Gerichtsmedizin und betrachtete sie, als sähe sie sie zum ersten Mal. Neben der Eingangstür hatte ein Kühner ein Graffitti aufgesprüht: »Ihr, die ihr hier verweilt, lasst alle Hoffnung fahren.« Sie knirschte mit den Zähnen. Da kam ein Neues: An der Tür wurde ein Schild angeschraubt: *No smoking!* Ach, diese internationale Sprache! Diese internationalen Illusionen! Am liebsten hätte sie sich an einem sicheren Ort schlafengelegt, sicher und mit Aschenbechern bestückt. Ein Spa für diejenigen, welche man so zugerichtet hat.

»Wie geht es Kuba?« Zuerst hörte sie Schritte, dann Wojtek Szeligs Stimme.

»Wohl ganz gut. Er ist in guten Händen«, antwortete sie, weil er das anscheinend erwartete. Polizist oder nicht, jeder wartet auf ein Happy End.

Mein Sohn wird sich an jenen Abend bis an sein Lebensende erinnern. Das zerbrochene Glas, das unter den Schuhsohlen knirschte, der Blutgeruch, mit keinem anderen zu verwechseln. Und der Anblick, der irgendwann nachts wiederkehrt, in vielen schaflosen Nächten – der Anblick der nackten knienden Mutter, eingebrannt ins Auge der Erinnerung, wie das Porträt des Mörders in die Pupille des Toten.

»Und du? Wie geht's dir?«

Ich dachte daran, umzuziehen. Ich dachte daran, das alles zum Teufel zu wünschen. Mit keinem von euch auch nur mehr ein Wort zu reden.

»Mir geht es prima.«

»Prima?« Seine Stirn bedeckte sich mit Runzeln.

»Ja. Schließlich ist mir das Leben ein zweites Mal geschenkt worden.«

Er sah sie an, als wolle er sich vergewissern, dass sie ihn nicht hinters Licht führte, aber im Grunde genommen musste sie selbst mit allem fertig werden. Seine Aufgabe war es, sie ins Leichenschauhaus zu führen.

Im Korridor saß ein Mann, der gerade den Leichnam seiner Frau identifiziert hatte. Er barg das Gesicht in den Händen, und seine Ellenbogen stützen sich auf die Schenkel. Dichtes Haupthaar eines jungen Mannes Mitte zwanzig, frischgewaschene, hellblaue Jeans, die langen Hosenbeine bis auf die braunen Halbschuhe mit dicker Gummisohle. Polnische Mittelklasse.

Anna konnte sich denken, dass der Mann letztendlich nicht wusste, wie ihm geschah, geschweige denn, wo er sich befand.

»Er hat sie gefunden … Sie hat sich im Schrank erhängt. Sie hat sich aus dem Gürtel seines Morgenrocks eine Schlinge gemacht, sie umgelegt und sich hingekniet. Ihr muss sehr daran gelegen gewesen sein,« berichtete Luiza.

»Weiblich, vierundzwanzig Jahre alt, proportional gebaut, Narbe nach Kaiserschnitt. Keinerlei Kampfspuren, mit Ausnahme von Gewalt gegen sich selbst.« Sie sah auf ihre Notizen. »Von ihrem Ehemann als Małgorzata Łoczkowska identifiziert.«

»Małgorzata?«

»Ja, Małgorzata Łoczkowska. Anna …«

Anna brachte sie mit einer Handbewegung zum Schweigen und hob das Laken an. Die Brüste waren bläulich angelaufen, charakteristisch bei dieser Todesart. Um die großen Warzen herum Schwangerschaftsstreifen aus der Pubertät.

Anna spürte Szeligs Blick, den stechenden Schmerz mitten auf ihrer Stirn.

Schließlich ließ sie den Stoff sinken und sah die Tote an – die Haare legten sich in Wellen um ein Gesicht, das Anna kannte. Das sie erkannt hatte, gleich als sie hier hereingekommen war. »Anna«-Małgorzata oder besser Małgorzata-»Anna«. Die falsche Floristin, eine echte Selbstmörderin.

Weder Luiza, noch Wojtek ahnten, dass die nächste Ermittlung bereits vor ihnen lag. Jemand hatte diese Frau kaltblütig in den Tod getrieben.

Anna entschuldigte sich und ging hinaus.

Łoczkowski erwischte sie. Die Haare standen ihm wild nach allen Seiten, als wollte er sich gleich seinen Skalp herunterreißen. Ein durchschnittlich begabter junger Mann von durchschnittlichem Äußeren. War es schon bis zu ihm vorgedrungen, dass er allein mit dem Kind und den Raten zurückblieb?

»Gosia …« Er erwischte die Polizistin am Handgelenk. Seine Finger waren unangenehm schweißfeucht. »Gosia hat oft gesagt, sie fühlt sich nicht wohl.«

Anna war immer noch gefährlich empfindlich, was Berührungen anging. Berührungen eines Mannes.

»Wenn eine Frau sagt, sie fühlt sich nicht wohl, dann heißt das, sie ist unglücklich.«

Er ließ sie sofort los. Und diesmal war weder Ort, noch Zeit dafür, dass ein Mensch oder Gott die Absolution erteilen konnte.

Anna Hwierut
ermittelt weiter ...

Der tote Punkt

Teil II der Krimi-Trilogie von Izabela Szolc

Obwohl sie den »Stillen Mörder« überführt hat, kämpft die neurotische Kriminalkommissarin Anna Hwierut – sowohl von ihrem Sohn Kuba als auch von Kollege Szelig verlassen – nach wie vor mit den traumatischen Folgen Ihres letzten Falls.
Ungeachtet dessen erfordert ein neuer Fall ihre ganze Aufmerksamkeit: Im Warschauer Prostituiertenmilieu treibt ein Serienmörder sein Unwesen. Als die Ermittlungen an einem toten Punkt verharren, kommt die Lösung plötzlich völlig unerwartet: Nicht nur alte Bekannte erweisen sich als sehr hilfreich – sondern auch die Lektüre der Texte von Oriana Fallacci, der italienischen Schriftstellerin und Kriegsreporterin.

Izabela Szolc serviert den Lesern einen weiteren herben Krimi, in dem sich eine bittere Diagnose der Gegenwart mit der Schilderung des ebenso komplizierten Privatlebens der Kommissarin Hwierut abwechseln.

Erscheint im Frühjahr 2013

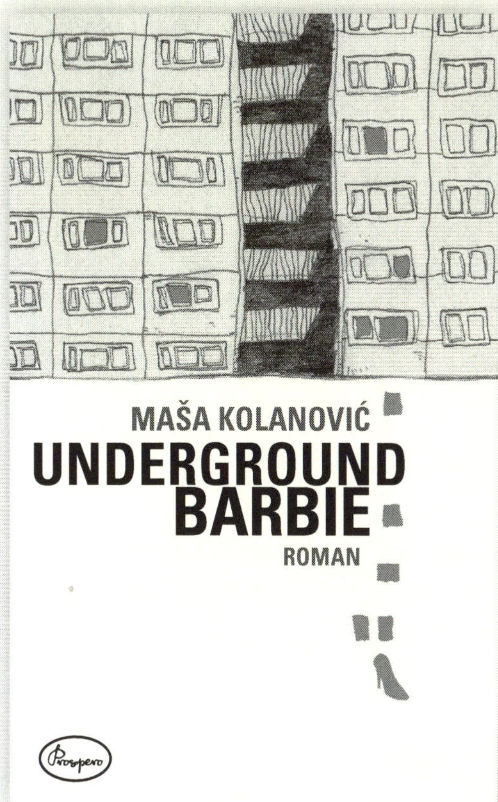

Barbie
im Bombenkeller

Maša Kolanović
Underground Barbie

Aus dem Kroatischen von
Patricia Fridrich

Klappenbroschur

210 Seiten

14,– €

ISBN 978-3-941688-20-9

Eine Hochhaussiedlung in Zagreb: Anfang der 90er-Jahre drängt sich der Krieg in die unbeschwerte Kindheit der Protagonistin. Die Welt ihrer Barbies entsteht nun im Keller zwischen Einmachgläsern und Rattenfallen, ständiger Begleiter wird eine ramponierte Ken-Figur vom Flohmarkt.

»Ein bemerkenswerter neuer Roman […]. David Lynch's Twin Peaks trifft auf jugoslawischen Filmklassiker, Detektivgeschichte trifft auf kroatische Propaganda, Frankensteins Braut trifft auf TV-Kriegsberichterstattung.«

The Guardian

»Ein ausgezeichnetes Buch!«

Jutarnij List

Alles zu unserem
Programm gibt es unter
www.prospero-verlag.de

»Ein Buch, das nahe geht und nachdenklich macht.« Freie Presse (Chemnitz)

Charlotte Worgitzky
Karlas Freiheit

Broschur
240 Seiten
14,– €
ISBN 978-3-941688-17-9

Karla Klinger hat sich das Leben genommen. Nun soll ihre beste Freundin Kathrin Karlas Wohnung ausräumen und den Nachlass ordnen. Im Sekretär der Freundin macht Kathrin einen unerwarteten Fund: Tagebücher, deren Eintragungen eine völlig neue Seite Karlas offenbaren und die Freundschaft der Frauen in ein anderes Licht rückt. Unweigerlich wird Kathrin mit den überraschenden Enthüllungen konfrontiert und muss die jahrelange Beziehung zur Freundin hinterfragen.

In einem perspektivischen Wechselspiel schildert Charlotte Worgitzky einfühlsam die facettenreiche Geschichte einer Freundschaft, die zwangsläufig Fragen nach Nähe und Fremdheit, Vertrautheit und Einsamkeit aufwirft.

Prospero

Alles zu unserem Programm gibt es unter www.prospero-verlag.de

»Jan Grohs großer Wende-Roman.«
Märkische Allgemeine

Jan Groh
Ostbrot

Broschur
434 Seiten
14,– €
ISBN 978-3-941688-05-6

Sommer 1989. Ludger Braun verbringt seinen Urlaub in Barcelona, als ihn ein Telegramm seiner Mutter nach Hamburg zurückruft. Ludgers Bruder hat eine Hirnblutung erlitten und stirbt. Eine fragwürdige Hinterlassenschaft erwartet Ludger: Freunde drängen ihn, unter dem Namen seines Bruders eine Frau aus der DDR herauszuheiraten.

Ludger wird in die Ereignisse des Herbstes '89 hineingezogen, die am Ende zum Fall der Mauer führen. Er lernt die untergehende Welt der Ost-Berliner Oppositionellen kennen, den Aufstand der Wenigen, der zu Demonstrationen der Vielen anschwillt. Der Hochzeitsplan jedoch, als Verrücktheit begonnen, dann mühelos umgesetzt, endet vor einer ganz anderen Institution ...

Alles zu unserem
Programm gibt es unter
www.prospero-verlag.de